Celui qui ne m'accompagnait pas

布朗肖作品集

MAURICE BLANCHOT

那没有伴着我的一个

Celui qui ne m'accompagnait pas

(法)莫里斯·布朗肖 著

胡蝶 译

南京大学出版社

图书在版编目(CIP)数据

那没有伴着我的一个 / (法) 布朗肖 (Blanchot,M.) 著; 胡蝶译.—南京: 南京大学出版社, 2015.2 (2021.3重印)
(布朗肖作品集)
ISBN 978-7-305-14643-5

Ⅰ.①那… Ⅱ.①布… ②胡… Ⅲ.①中篇小说—法国—现代 Ⅳ.①I565.45

中国版本图书馆 CIP 数据核字(2015)第 014536 号

江苏省版权局著作权合同登记 图字:10-2011-129 号

出版发行 南京大学出版社
社　　址 南京市汉口路 22 号　　邮　编 210093
出 版 人 金鑫荣

丛 书 名 布朗肖作品集
书　　名 那没有伴着我的一个
著　　者 [法] 莫里斯·布朗肖
译　　者 胡　蝶
责任编辑 芮逸敏
照　　排 南京紫藤制版印务中心
印　　刷 南京爱德印刷有限公司
开　　本 850×1168 1/32 印张 4 字数 58 千
版　　次 2015 年 2 月第 1 版 2021 年 3 月第 4 次印刷
ISBN 978-7-305-14643-5
定　　价 35.00 元

网　　址:http://www.njupco.com
官方微博:http://weibo.com/njupco
官方微信:njupress
销售咨询:(025)83594756

这一次，我试图与他攀谈。我是说我试图让他明白，尽管我在这儿，却无法走得更远，我已经竭尽所能了。事实上，很久以来，我一直觉得自己已经到达了尽头。“但您并没有，”他指出。对此，我必须承认他是对的。就我这方面而言，我并没有到达尽头。但一想到我或许并没有认真考虑过“我这方面”指的是什么，这句安慰就变得很辛酸。我试图换种方式表达。“我想要到达尽头。”他故意不认真看待这种表达方式；至少，他并没有像我期望的那样认真看待。他大概是觉得这比愿望强。我依然在思考“我想要”的东西。我发现他对事件感兴趣，当我可以对他说大家所说的语言时，他就会变得更加苛求并且好像更加诚恳，而这种语言很像事件的语言。困难在于，事件似乎恰巧——在这个时候——不可思议地退后了。他以他的方式给予我帮助。“我觉得，”我说，“从某种意义上说我拥有一切，只不过……”——“**只不过**?”我感觉他现在专注一些了，尽管这份专注并不是对我，它更像是一种无声的方向，一种对他自身的希望，一种日出，这种日出最终揭示的唯有“只不过”这个词而别无其他。不过还是有一些的，因为我不由自主地加上了一句：“只不过我想要摆脱这一切。”

我想，不管怎样，我期望他催促我继续前行，这或许是种冒险，是种阻碍。我不抗争，但我也不妥协，妥协或许是我力所不及的。我唯一能拒绝的是对他说话并且往往先开口说话的必要，仿佛主动性于我于他都是谨慎之举、是为了让我自由——但或许这本身只体现了他的无能，因此也体现了我的无能——，这种必要似乎令我筋疲力竭，疲惫不堪，以至于我连利用它的力气都没有了。我并不觉得说话对他而言是世界上最没必要或最不惬意的事，但也不是最不令人讨厌的事。他总是表现得极其忠诚，无比坚定地将我从一个不太确切的词引向一个更确切的词。有时我会想，他是不是在不惜一切代价地阻挠我。我终于还是觉得他一直在阻挡我的去路，尽管，如果说他表现出某种意图的话，其实也是帮我走完的意图。据他所说——但我必须说明他从未像我这样明确地表达出来——，当我下决心写作的时候，最需要他的帮助。很奇怪，他在这些事情上是占上风的，这使我相信写作是令我们之间关系变得可以接受的最佳方式。我承认有段时间这种方式挺好的。可是有一天我发现，我写的东西总是越来越与他有关，而且好像就是为了反映他似的，尽管是以间接的方式。这个发现让我震惊极了。其中最让我目瞪口呆的是，我发现从今往后我并不会尽量避免这个映象，相反地我或许会极力地使它更为明显。就是从这一刻起我开始依靠自己。我知道，但我其实并不太清楚，我希望必须说“我”这个称呼能让我更好地把握我与这个映象的关系。我觉得人称的忠实性和真实性对我而言似乎包含某种特殊的东西，在某种意义上能够给我短暂的安全感。然而，这对我的生活所造成的后果却是毁灭性的。我不仅要放弃人们所说的正常的生活，而且还会失去对自己爱好的支配权。我还对文字产生了恐惧，我写得越来越少，尽管体内逼迫我写作的压力很快就强烈到难以忍受。说是恐惧，其实是一种完全不同的感受，像是在消耗未来，感觉我说的话已经超过了自己所能说的量，感觉我已经走在了自己的前面以至于最遥远未来的可能性也只能如此了，我再也无法超越自己的未来了。与此同时，我把自己限制在一个假想的合法生活里。我不知道这种考虑是不是一个错误。我的目的是不做任何会让世人熟悉我的为人处世从而对我感到惊讶和好奇的事情。于是我不得不找各种各样的借口，甚至撒个大谎，为此我恐怕要花很大的力气，反过来，我还要坚决抵制那些最单纯无害的活动。这些困难我尚能很快克服，但还有另外一个困难，那就是这些困难对于处理我和他之间的关系毫无帮助，然而为了这个关系——我以为（也许是在他的暗示下这样以为）写作是我最不会因他在场而感到不安的场合——我已经渐渐走到了一个快要支撑不下去的地步。

或许有段时间他的确给过我很大的帮助。他使我一心一意地投入工作，或许还让我相信工作可以限制虚空。确实如此，至少表面上是。尽管在工作的同时我体验了各种可怕的事以至于倒不如说是它们体验了我更合适，而且反反复复、没完没了，但是我有一种奇怪的幻觉，多亏这个幻觉我才没有发现，这对我来说已不再是工作，而是生活。

这个幻觉意味着一种转变，也是我获得的一种能力。我能够光明正大地抱有这种幻觉，完全是得益于无忧无虑。这是一瞬间的成功，但它绝不会在一瞬间之后就被削弱，因为成功恰恰在于将人生与瞬间统一。一瞬间过后，无忧无虑的状态消失了，但是它曾照亮的面容并未消失，抑或它淡去的方式就是暗淡本身也成了面容。在这一点上，他很可能又帮助了我，他让我摆脱了对这个世界的责任，用一种朦胧的寂静将我包围，这寂静既是因为我拒绝与他交谈，又在于我拒绝的同时其实也在不断地对他说话，尽管我并没有察觉到这一点。他对我的这份帮助（如果它确有发生的话）就是转移了我对事件和图像的注意力，一旦有某件事、某个图像，那么不在半专注甚至漠不关心的状态下，我也许永远也无法表现得真实自然、保守谨慎。但是如果说写作将我化作一个影子，使我与黑暗相称，那么我也必须承认，这个做法的效果比预期的还要成功，因为从这个角度来说，我是如此保守谨慎，以至于不但我没有扰乱这些时刻，这些时刻也没有扰乱我，于是，我对它们的记忆使我悲剧性地游荡在虚空之中。这一切，所有难以追忆的、在出现的同时渐渐淡去的事件，所有困难，所有要求，所有努力，以及此时我的欲望越来越难将我抽离的这种静止，这个如此反常却又变得如此熟悉，以至于我几乎再也不能不了解的情形，这一切的一切注定导致这句话："这一次，我试图与他攀谈吗？""这一次"，我很清楚这个词看起来多么无根无据。它出现在这里是因为我希望到达尽头。但是，就我这方面而言，我并没有到达尽头，而且就我这方面而言，这一次并非这一次，而是另一次，永远是另外的一次。我必须承认，想要和他攀谈的欲望以及这永远也不会发生在"这一次"的想法，这两者只能十分艰难地达成一致。他并没有做任何努力去排斥这件事。他甚至很有可能对这件事抱有某种期待。然而我觉得这件事只落到了我一人头上，而我不得不说，我做不到，我做不到。"您完成得挺好。"他说，"要知道，您很出色。"是的，我完成得很好，但这本身就是对我自以为在做的一切的一个不大讨喜的表达，我完成得太好了，而最好的结果应该是根本没有完成。

他肯定会鼓励我，不过是以他的方式鼓励我，这是种怪异的、令人泄气的方式，因为这种方式就是让我确信我有足够的时间。通过独断地、孤注一掷地求助于"这一次"

而下的决定，或许让我明白了，到此为止我还从未专心致志、一心一意地接近他，更别说带着审查的心情接近他了。在我记忆中，我没有这样做并不是出于恐惧，而是因为“我没有这个时间”，而且仅仅是因为我不想。如果现在我有足够的时间了，那就说明我丧失了除他之外的兴趣，甚至是一切兴趣，因为——而这正是此时情形中很讽刺的一面——我无法对他提起兴趣，我只好承认我对他缺乏兴趣，漠不关心到令人伤感，这种漠不关心使任何存在都变得毫无意义。他勉强接受了，这是当然，但他似乎也有所怀疑，尽管他表达怀疑时永远不过是这样一句话：“噢！这不是什么非此不可的事。”而他真正想表达的意思则很有指导意义：“噢！我对我自己可没这么感兴趣。”从他这句捉摸不透的鼓舞中，我确实可以得出另一个更有说服力的结果，那就是总的来说，我没必要害怕错误的步伐、错误的路线；我并不拥有某一条路，我拥有的是所有的路，而这，其实本该激励我满怀自信地踏上行程。“所有的路！但前提是我有足够的时间，必须要有足够的时间。”他并不否认这点，因为一条路的本义毋庸置疑就是提供一条穿越“时间”的捷径；我寻找的正是这条捷径，正是抱着这样一种荒谬的想法，我会找到最短的距离，本质上的简短，而不是依然很漫长的进展，所以，我似乎从一开始就有权拒绝走得更远，能这样对自己说："我就到这吧"，而对他，则以更加坚定的语气说，"我就到这了，就这样了"，对此他肯定会冲动地说："但您有足够的时间啊。"而我还不能把这句话往坏处想。

关于他的种种，我都不能往坏处想。我不知道这一切将在何时结束、怎样结束。他成了我的同道人，但我并不能说我们在各方面都志同道合，或者说这种志同道合也许意味着他与我在各方面都共通而我与他则毫无共通之处，如果说我们两个都没有明确希望一无所有的话。我不能认为他有恶意，因为他没有任何意图。我想他帮过我，但我必须说这样的帮助最令我感到无力，使我不适合也不在乎任何形式的帮助，只有某种执念能让我有理由认为这种帮助可以被称作帮助，甚至是最大的帮助。不过确实，我并非一直这样认为。我惊讶地并且有点奇怪地发现——不过久而久之这种感觉就变成不安而不是惊讶了——很有可能他的没有意图足以转变我的意图，直到使我的意图也不得不认同这种转变。我记得这个转变，它就像一次激动人心的航行，不止一次将我推向一个目标，推向一片我没去过也没想过要去的土地，而归根结底，根本不存在什么土地或目标，对此我并没有抱怨，因为就在这期间，就是通过这个转变，我失去了关于这片土地的记忆，我确实失去了，但我也获得了随便去哪里的可能，尽管恰恰是因为随心所欲，我必须从此放弃停下来的指望。也许这样说可以给我安慰：你放弃预见将来，但没有放弃无法预见的事。可是这安慰反而变成了一种伤害：无法预见的事不就是放弃本身吗，仿佛在我们航行的这个地带，每件事都需要我偷偷逃离自己的故事才会降临在我身上。不幸的是，这一点适用于一切，包括最简单的事情，有的时候我只需这些简单的事情就满足了。我可以说我拥有白天，但条件是我拥有的不是这个白天，而且必须是被遗忘了一部分的白天，必须是遗忘之日光。

由于别无他法，我想到了直接给他帮助，这种帮助是他曾给过我的，或者说这种帮助迫使我支配他，给他一个我再也无法衡量的地位：我本希望他会对这个计划发表意见。然而令我惊讶的是，他似乎完全无视了我的问题。我应该注意到，尽管他很少谈到自己，但他也尽可能不让对方觉得被无视:他静静地聆听,但这静默并不是死气沉沉的,或许有些压抑,仿佛在一个更遥远的世界重复着,一个音节一个音节地准确重复着说话者希望让他听到的一切。总之——其实有时他拒绝回答也没有什么大不了,这促进了对话的继续,迫使对话延长到超越任何限制,通过重复和固执而逐渐被消磨,以至于对话只能延续再延续——,虽然他不回答,但他也不转移话题,因为在某种意义上他必须满足于我为他铺的路,我是说,他可能认为只要回答我就是恪尽职守了。他暂时没有回答我,相反地,仿佛是要让我出差错似的,他沉默了一会儿问我(沉默增添了这个问题的分量):"您说,快到冬天了吧?"如果说我被他的话难倒了,这都算轻描淡写的。我仿佛经历了很多很多。我本可以沉浸于其中几日,如果绝不能中断对话的想法没有逼我做出回答的话,我可能就会这样做的,很不幸,我也提出了疑问:"您说的是哪个冬天?"——"就是,我们的啊。"——"我们的?"我依然想着我们共有的这个迷人季节:"您是说我没有时间去……"我并不是害怕说出我想做的事,而是已经料到了他的回答,他一定会像愉快地承诺一样,很容易就这样说:"啊!但是您有足够的时间啊!"然而他并没有这样回答，而是说了一句令我完全震惊的话："我是说：您不是要等人等到那个时候吗？"是的，震惊，这回答令我震惊，这一次我无法抑制自己震惊的心情，只能重复说："人？人们？"于是他也重复说，"人们，人们！"于是对话终止了，这也迫使我想到，对话只能从另一个起源恢复，现在我必须寻找这个起源。我确实想到了一些事情。但又有些事情使我保持沉默，而这才是最重要的：可以牢牢地待在一个地方不动。

我情愿相信他也一直待在这个地方，因为，尽管他谈到一个像是平静中心的地方，尽管他有时候令人非常安心，他确实令人非常安心。尽管我留下他一个人，但我并没有忘记他，可是很快我就失去了想到他的力气，只剩下了思想，而思考最能使我们的关系变得无意义。"我可以考虑下吗？"——"当然可以，不过要考虑多久？"——"哦！只需一刻！"他当然没有反对，但是他接下来又说："在您考虑的时候，我们做什么？"这表明他想要和我的"考虑"保持距离，而且他不希望我完全投入其中。我不能暗示他考虑就意味着他的疏远，意味着可以中断进程，在这进程中，我说过的话都离我而去，迅速通往一个陌生的地方，我没有把握能让它们回来。但事实上,他的疏远就意味着考虑,我想要通过不断思考来靠近他的希望并不是一条很明智的路。然而,我并没有彻底放弃这条路。不管这条路带我去哪里,我都可以说:这是停滞不前,是无谓的坚持,甚至是迟钝,但,由此,我认为自己已获得足够的重量,可以再次前行了,尽管考虑主要就在于不断重复:你考虑得还不到位(你应该变得更加笨重)。而他则完全没有失去逻辑,他有一种无法动摇的前后一致性,他看起来不想达到任何目的,于是这种意志就代表着几乎非同小可的威力,要想与这股力量抗争,就只有抱着怀疑赋予它某些目的和企图,由此,他酝酿了一种无比混乱的状态,我不止一次感觉到这种混乱的逼近和威胁。我可以严格地进行自我评价,从而频繁地在感觉到这股威力之时,从思考中寻求庇护,问道:"我可以考虑下吗?"这只能给我"一刻"的安宁,但至少这一刻使圆没有闭合,也阻止我自己把它合上。

我并没有在我到达的地方待很久。我觉得自己拥有某种至关重要的东西,与此同时我又觉得自己并没有从中获益,尽管这种重要性几乎无法避免地会渐渐消失,我却没有其他方法能让其存活下去。"人,人们,"我反复念叨着这些话——我说的话，紧接着，开心地强调他的话："人们，人们！"而他从未违背继续前进的期望。我休想消磨他的耐心。我可以消磨自己的耐心，可以从一个地方游荡到另一个地方，从一扇窗到另一扇窗，以外界为依靠，然而这种偏离是徒劳的，来来回回的移动把我带回到同一个点，在这个点，我总是发觉他越来越根深蒂固。在这过程中，我受到了巨大的束缚。如果说我渐渐与一切决裂的话，那是因为这束缚本身就代表了决裂，并且它耗尽了我的抵抗力、我的意志，我对它太了解了，可我什么也没有得到，因为我遭遇了最严重的挫折，它将我那被摧毁的毅力化为一种不可动摇的倔强，一句"我就这样了，就到这了"，这句话又加深了、坚定了这种执拗。他使我与一切决裂的事实，就像期望我们将拥有自由空间一样，其实就是一种妄想，我无法让他对这种妄想负责，只有我自己能负责。确实，当我频繁与人交往时，他似乎就会因人群的缘故与我保持距离，而我想结束不幸的两面派状态，只践行唯一的忠诚、唯一的真理，这种追求慢慢地、不可抗拒地将我推向了——我所处的地方。结果，人群不在了，可距离依然存在，尽管再也没有什么能让我们感受到这距离，而且，这距离甚至根本就不复存在了，因为距离只是他坚持要我一个人走遍的这片自由空间的表现形式之一。奇怪的是，正是在此时，我觉得我想起了他的话所暗示的含义以及该如何回答这些话，但这同时也是我想回避的，我想要别的东西，但这种意愿是薄弱的，它没有能力，没有光芒，只是在屋里焦躁不安地扑闪几下而已。有一种渴望是不知饥渴的，正是这种渴望使我沉默，和他的沉默一样多，贪婪，荒芜，然而他的沉默似乎是充实的、平衡的，我则处在荒漠之中。我记得有段时间我总是问他："您对此有了解吗?"我只有在毫无顾虑的时候才能问得出来，然后他会回答："对，是的，我十分了解。"这样的回答让我感到十分欢欣，感到反常的喜悦，觉得这种语气的加强不是记忆的边框，而是空间的开放。现在，我没有无忧无虑的状态，我保持沉默。我当然希望他说话，但不是像他平常那样随意一句："哎，一天又过去了，是吧?"因为对谁而言一天过去了呢？我本可以问他的，但他不会回答说是对我们而言：也许这一天待会儿过去；在此期间，我承受了压力但没有收获成果。我不得不表现出我的谨慎："过去了？对谁而言？我在思考这一点。"——"啊！当然，这确实值得思考。"我坚持要占上风:“为什么您要重复这句话?”——“我重复了吗?”他与其说惊讶不如说是希望我也重复自己的不满,希望引导我抬高语调说“是的,您一直在重复这句话。是的,我受够了,您不可以再这样”,这些话我没有说出口,不过从某种意义上说我得到了补偿,因为他说:“但这是为了帮您啊。”我努力地思考为什么“帮助”这个词像利刃般刺向我,仿佛他其实是在说:“要知道,除了一直重复这句话我不能为您做任何事。”我没办法摆脱这种感受,而且,在我本可以对他说的与此相关的一切有用的话中,我偏偏说出了这句——回避了他的话——:“这对我有帮助?”他立刻兴高采烈地回答,同时这也提醒了他自己的命运:——“这对我们两个都有帮助!”——“对您也是?您的意思是我们是连在一起的?”他似乎打算仔细思考这个问题,但他的思考很快就以这句话结束:“哎呀,您很清楚啊!”他的语气让我反思。

对,我恰恰就是不清楚。我知道我们之间既没有默契又没有共同利益,没有任何理由可以说明我们是连在一起的。我只是觉得自己是这个观点的主宰者,因此,关于这些联系的真相,我就是裁判:这个真相取决于我,它完全取决于我，甚至关于它能说的话就只有“您很清楚啊”，因此他本该很容易就肯定这一点，如果说还有困难的话，那就是就我这方面而言，我恰恰是不清楚的。这种感觉使我鼓起勇气问他：“我们相遇很久了，不是吗?”他似乎想认真地计算这个时间，所以出现了漫长的沉默，格外地漫长，好像是为了填补和缓和我的期待，或许是为了让我说些别的，但我什么也没有说，于是他略显失望地说道：“没这么久……”在那期间，在沉默中，我改变了主意，我精神振奋地表达了这个新的想法：“不过一切都取决于应该如何理解‘相遇’这个词。”他马上表示同意：“啊！对，一切都取决于此。”我接着说：“或许最好应该这样说，我们将在不久之后真正地相遇。”他毫不迟疑地肯定说：“不久之后，我也是这样想的。”——“然而不久之后，”我接着说，“不就是现在吗?”——“是的，就是现在，在您乐意的时候。”这段对话叫人大失所望、难以理解、徒劳无功，这都是我的错，因为我的话只能回到原点——所以他的话也是如此；为什么？如果我知道，就会如释重负了。我想这与时间有关。总之，我们说话，但或许一切都已说完而我还在说的话无法消耗时间，也不能让时间停止，凝固。可是为什么一切都已说完呢？我们之间？这表明了他的行事方式、耐心和忧伤，这种忧伤似乎就是我们之间关系的标志和真实性。当我间接地提起相遇时，我只能暗示“一切都已说完”，这句话就是相遇的事实，但他毫不在乎——这种不在乎很危险——这相遇已经发生了很久或者没那么久又或者就在“那时”，“那时”牵扯到将来，因为所有这些话都只是我们相遇的各种形式中的一种而已，这些形式的选择权通过一句“在您乐意的时候”就抛给了我，我深感其中的残酷。于是我说了这么一句话：“我们现在距离太近了吧？”这句话体现了我有多么不重视自己的“考虑”。然而，他好像是为了赞同我似的，并没有说什么，只是问了同样的话：“太近了？”——“是的，”我说，“太近了：我不是要推开您，我恐怕没这个力气，也不希望这样。我是想说，如果我确实这样希望，那么这种希望没办法在您和我之间作出选择。我可以作出这个选择吗？这就是我向您提出的问题。”他看起来被这一连串话震惊了，这些话中包含的过分和苛刻的成分使它们更像是刮起的一阵风而不像是话语，而且很巧的是（我本可以考虑到这个巧合的），我发现就在此时起风了，仿佛风紧随这些话而来，又仿佛我在风的力量中记起了我的决定，这风猛烈而寒冷，在南方很盛行。他似乎也注意到了。“至少，”他说，“至少……”不知为何这两个字让我觉得有些好转，或许它们缓和了我的紧张，又或许它们表达了某种本质的东西；我没有思考太久，因为他又说：“我们想理智，我们想等待”，然后像是在门口犹豫了片刻似的，他说：“这栋房子不舒服吗？”我简短地回答：“是的，不舒服。”我的冷淡没有阻碍他想刨根问底的欲望，我认为刨根问底准确地表达了他的意图：弄明白我们是以什么为基础建立起来的：“不舒服！”他说。“您介意给我描述一下吗——再次？”我必须承认：尽管我知道他正在给予我的是怎样巨大的帮助，但他刚才说的这番话让我保持警惕，而且几乎自然而然地导致我这样回答：“我无法描述。”但他并不气馁：“对我们两个来说，是可以做到的。”——“对我们两个来说？”——“您知道吗，”他怀着某种热忱说，“我想为您做点什么，我想为您做任何事。”——“任何事？”接下来的一段沉默呼应了“任何事”这个词：我觉得我应该陷入这个词里，但我又觉得，与此同时我应该使我周围所有尚且实在的东西都滑落其中。

我不得不久久地待在原地（我站在楼梯的最下面，但过一会儿我多半会坐在某一个台阶上)。在刚才那一声呼喊之后,我身上的某种东西被拿走了;我离外界更近了,同时又更远了,我凝视着这间看起来延伸至很远处的房间,我看不清它的尽头,确切地说我是凭记忆记起空间的,就像记得自己一样。我起身走向厨房,想要找杯水,但大概是弄错了门,我看到视线下方有一间凌乱而昏暗的房间,我没有力气走下去(这可能是地窖)。

我又回到了稍远的地方。我听到了门的响声,大概是刚才没有关的那扇门被风关上了。但这声音似乎很遥远。一切都出奇地安静。我透过巨大的玻璃窗——有三扇——往外看,我看到外面站着一个人;我刚发现他,他就转过身来面朝玻璃,他的视线并没有在我身上停留,而是专注且迅速地观察整个房间的前后左右。我可能在客厅的中央。我看不清花园,它应该在外面,但我费了很大的力气回忆起这座花园,这股力量就像欲望。我认出了花园的四周。而我就在这画面中,努力看向更远的地方,看看是不是还有人在那儿,但并没有看到或者说看得不太清楚。不过我想起了这句话:“人们,人们”,于是我轻声说:“我觉得有人。”——“有人?在这儿?”——“刚才有人从窗玻璃往里看。"——"从窗玻璃?"他的语气十分反常,十分低沉,以至于我也开始感到恐惧了。让我害怕的是,他在重复我的话时似乎没有完全理解这些话,于是我想:他知道窗玻璃是什么吗?"有个人从外面看这个客厅。"——"这儿?"——"我们所在的这个地方。"他又说:"是谁?"——"我不知道,我没看清。"——"那他看到你了吗?"我想了想;不知为何,这个问题让我心头一紧;我只好对他说:"也许他没看见我吧,也许他没看见任何人。"为了用这个词,此刻我感到疲惫,这种疲惫刨去了空间,它试图用另一种更微小的、真空的、无根源的空间来代替这个空间。可是我又听到他对我说:"要知道,我们应该独处,我们是孤单的。"

或许过了一段时间,这段时间也是真空的、无根源的。我总觉得口渴,我坐在一张桌子旁,当我听到他小声说"是要经历这段时间"时,我把它和另一句搞混了:"一天又过去了,是吧?"这句话使我战栗,我身上有什么东西被摧毁了。我经历过这么多的斗争,我去过那么遥远的地方,而那么遥远的地方在哪儿?在那儿,在桌子旁。我沉默,我静止,我感觉我们之间似乎产生了某种平衡,或许我的沉默、静止和这种感觉让我恢复了一部分力量；或许，相反地，我变得更加脆弱了；在某个时刻，我又回到了客厅，而在桌子的另一边，也就是我觉得可能是尽头的地方，有一堵墙，我想还有一面镜子，至少是个有些发亮的平面。我努力辨认这个地方，这就是我刚才所在的地方吗？这是我吗？反正，此刻在这儿的人也靠在桌子上。口渴以及穷尽空间的欲望使我站起来。一切都出奇地安静。我望向巨大的玻璃窗——有三扇——我看到外面站着一个人；我刚发现他，他就转过身来面朝玻璃，他的视线并没有在我身上停留，而是专注地观察着整个房间的前后左右。我发现自己还在桌子旁，我本想迅速转身面对那个身影，但让我惊讶的是，我现在离玻璃非常近，却又觉得自己一直在客厅的中央。这迫使我很反常地从一个并没有获得的视点看出去，这个视点比我感觉中还要接近对象，甚至近得有点可怕，因为它并没有考虑到我的远离。正当我几乎漫无目的地寻找那个身影时，我灵光一闪地发现——这灵光像是明亮而安详的夏日之光——那个身影就在我眼前，离我几步之遥，这几步的距离还是将我与窗户隔开，那种感觉十分逼真，像一道亮光突然闪现，又像冷光微微颤动。我感到十分震惊，于是忍不住低声说："别动，我觉得有人。"——"有人？在这儿？"——"有人从窗玻璃看我们。"——"从窗玻璃？"这些话顿时让我觉得恐怖、恐慌，仿佛它们反映了窗玻璃的虚空，仿佛这一切都已经发生过了，然后周而复始，周而复始。我想我尖叫了一声，我滑倒或摔倒在了好像是桌子的东西上。然而我还是听见他对我说："要知道，没有任何人。"

我对这些的记忆很像关于空间的记忆，待会儿我又要从这个空间重新站起来。不过我有足够的理由靠在桌子上，沿着它的边缘缓缓移动，然后走得更远一些。现在光线暗了许多，但那仅剩的一点亮光宛如某种在我之外的无比真实的东西。正是这点亮光使我牢牢地待在墙边，不准我离开，似乎在它看来，一切危险——与毁灭性的欲望一样强大——都在房间里更靠近中心的某处。道路——狭窄的边缘——带我去向他希望我去的地方，另一个地方，应该也是我想要去的地方，带我去向另一个时刻，而当我到达时，我顿时想到这就是我之前寻找过的那间厨房。让我吃惊的是有一堵矮墙将它分隔开了，从这道隔墙的上方很轻松地就能望过去：那好像是一个储藏间，是空间中意料之外的快乐，是虚空中的虚空。这地方有着最令人愉悦的样子，一束光倾泻进来，这束光与我来的地方的光完全不同，让人想起一天中最确定的时刻，从各个季节各个时刻中抽出的一个中午。然而这光线又是宁静的，我看到它从厨房的一个小窗子投射进来。更让我吃惊的是我在这里认出了我习以为常的混乱生活：那儿，在这张桌子旁，我应该刚刚吃过东西，有一个玻璃杯，一个瓶子，一个药管。我想起我有点口渴，于是想喝点水，但那瓶子是空的。

将我带到这里的力量此刻消失了。我问他（此时我正在桌前，桌上的凌乱依旧）："您觉得这个房间怎么样？"——"挺好的。"——"这房间很奇怪，不是吗？"——"不奇怪，挺好的。"——"您现在有两个房间。"他欣然接受了我的话："我还有其他房间呢。"——"那我呢？"——"嗯，您会和我共同拥有这些房间。"我不想提出反对，我以一种出乎意料的方式表达了我的希望："您知道我来这之前在哪儿吗？"——"知道，"他说，"我十分了解。"——"所以说您认为我不是一直在这里的？"我努力思考这个问题，它带给我一种不确定，让我产生深深的伤感和遗忘，于是我只能紧接着补充一句："您的意思是我正在远离，正在越走越远？可是为什么？会发生什么？已经发生了什么？”——“我正在想。”这句话就像一个括号，时间在里面流淌，尽管他经常像这样说话，我还是感到很惊讶，因为我觉得这句话忽然间有了某种含义，在此之前我从未如此清晰地意识到这个含义，于是我补充道：“您的意思是还没有发生？”但我猜想，我的问题来得太迟了，它只能——轻轻地——碰撞这句话呈现出的薄雾，通过这句话，他不无担忧地重申了自己的想法：“是的，我正在想。”我也在努力地想；有一瞬间，我以为我想到了，——而我所到达的地方，不过就是厨房这个明亮而惬意的场所而已，我曾为了打破宁静而忽视它，而此刻我正看着它，仿佛它曾是向思考之人开放的空间。就是这里吗？

他没有回答，沉默再一次将我包围，仿佛他在对我说：对于这样的痛苦来说没有这里可言。我立刻就体会到了这种痛苦，我是与之相连的，痛苦也再次将我包围，它有自己的空间、墙壁、寂静的光。是的，这种痛苦就像安宁的夏天，也许是它将我带到这里来的，然而，尽管这里的一切看起来都完全静止，就像在一个没有任何事发生的地方一样，这里还是不能成其为这里。但，我在此停留。停留似乎也是痛苦所希望的，我觉得它必须有我才能停留；但与此同时，它又用一股我无法了解的力量拖着我。我看到门微微开着：里面是昏暗的、朦胧的客厅，再远些是房间的中央。此刻我必须说我有了这样的想法：我的同伴比我更了解这种痛苦，这是可能的，他与这种痛苦之间有联系，这让我相信通过他的帮助可以更好地理解这种痛苦，使它更加明显，也使我更加明显，这是显而易见的事，是诱人的光，就连事实也将我推向这光，然而我无法将它们聚集到我这儿，我做不到；相反地，我觉得它们之间是如此的陌生，以至于我可能与它们两个都很接近。从某种意义上说，最可怕的是：当一个人必须在两个截然不同的世界同时死去时，他是无法真正消失的。使我更想求助于他的是，既然我对他说话而他给我回答，那么我是先于他的并且总归是面向他的，他向我表明“想为我做任何事”，他被这个承诺约束着，将它当作最重要的事，我完全被这个承诺包围了，以至于它也成了我移动的空间。终于，我问他：“我把你说成是我的同伴。这个词欠妥吧？”——“我会是您的同伴？您对谁这样说了？”——“对我自己，当我思考的时候。”——“我不觉得这个词能代表我。我想您恐怕不该使用它。”——“可是您难道不记得对我承诺过的话了吗?”——“我记得吗? 我由衷地、友好地说,我不会这么快就忘记的。”我转而思考他的迟疑,这并没有让我失望,反而吸引了我,有点像是羞怯,也许是因为这种迟疑躲到回忆里去了。我没有上当,正是这种迟疑促使我更进一步,对他说:“如果我能称呼您的话岂不是更方便?”——“您想给我个称呼?”——“是的,现在我想给您个称呼”,他没有回答,于是我说:“这样不是能让事情更简单吗? 我们不应该这样做吗?”但他似乎依然纠缠在他的问题上:“给我个称呼? 为什么呢?”——“我也不太清楚:也许是为了失去我的称呼。”很奇怪,这句话让他心情好转:“啊! 您这样是不会成功的。”我知道这句回应需要并期待着我的回应:“但我并不想成功”,他试图引诱出我已经说过的话,为了逃避他的期待,我必须做出一番努力,于是有了这个问题:“我们之间已经说了很多话了吧?”——“是的,当然,写了很多。”我有点前言不搭后语地指出:“您是说我们之间不应该有称呼?”——“对,是这样”,但是他又前言不搭后语地说了一句,这说明他注意到了我的前言不搭后语:“要知道,文字不该让我们感到害怕。”

或许我一直都没有意识到这点，因为他一向都非常乐意地回答我，但是为了询问他、听到他——同时也为了维持我们朝着某个我只能预感到而看不到的目标前进——，我必须动用超出我所能的体力：无声的力量，它的前提是我已经自愿放弃了自己的体力，然而它又要求我——或者这是一个错误、一个圈套？——确认我一直在场，尽管这已经再清楚不过了。我没有和哪个对手斗争，这也不是一种斗争；我不防守也不攻击任何人，没有任何人攻击我。如果说他把我的生活变成折磨、变成无止境的使命，这或许是因为我不断从他身上发现（但我并没有意识到自己发现了）一种极大的默契。我只能暗示他我想给自己设下这样的限制：这段谈话会不会再一次缩短？我没有对他说我此刻应该再次对他说的话吗："我厌倦了您在场。"——"有这么严重？"他问。——"是的，有这么严重，有这么严重，就像您听到的这样。"他任时间流逝。我觉得他打算对我说："我该怎么做？"对此我也打算这样问回去："您能怎么做？"但他却直截了当地说："严重到我们必须更真实地联系在一起？您大概就是这样希望的吧？"我无法否认，我确实这样希望过；什么时候？刚才；现在我可能不这么想了。

但他没有留意到我的迟疑:"而且您是希望联系在一起然后解除这个联系吧?"是的,我还有这样的想法,但是因为它的形式,我必须摆脱这样的想法:"没这么明确。"而他更坚定了自己的观点说:"这对我们没什么用,这白白打断了我们。"——"打断我们?"——"是的,但这是白费工夫。"我差一点就要同意了,说不定立马就会同意,因为,仿佛是为了维持我想要赞同的倾向,他以一种亲密而急切的语气说,急切到近乎疯狂:"我深深地被您吸引了:您不说话吗,您听不到我的话吗? 我们所在的范围难道不是同一个范围吗? 您想怎么样? 走出这个范围?"我只能对他说:"您这样说让我感觉与您更亲近了。"——"是与您更亲近,与您身边亲近的东西亲近,而不是与我。"——"不是与您? 可是,"我执着地说,"您刚才也注意到了,我在对您说话。"——"您在说话!"他突然大声说道,语气中满是误解,好像是从另一张嘴里说出来似的,啊,是从一个无尽的过去中说出来的。我待在原地。

如果我没理解错的话,我听到了(而且几乎是立刻听到的)一个沉闷的声响,是门的猛烈撞击声。风! 这个想法驱使我走出房间,直到我发现自己来到了一个更昏暗的地方，我才意识到自己的移动。我突然感到一种想要行动的强烈欲望。风不依不饶、卷土重来，向我显示出它的权威。想要行动的强烈欲望体现了外界虚空的匆忙，响应了一种号召，一种伪造和混淆空间的、想要游荡的欲望。这是一种休息：远离此地，远离此地但还在此地。况且我本可以自以为在一个无人之地——但这是有区别的，我试图领会这种区别；我没有为此作什么努力，只是观察着，直到为此着迷，这个区别就是：如果说我到处走动，如果说此刻我不具人格地完成我的各项使命的话——打开电灯，关上地窖的门——，那么我可以游荡这件事、这项工作意味着，在某处，在别处，我其实“待在原地没有动”。那么是什么时候呢？我暂且不大能思考这个问题，我甚至没有感到不安或一丁点不具人格的不自在，似乎恐惧对我来说，是我很可能使某个人体会到的恐惧。是的，我记得他的反驳，他的强烈反对，他似乎力图借此将我摧毁，但我不能把他“往坏处想”，我只能承认他是对的，只有我还有理智，究竟发生了什么呢？毫无疑问，这要追溯到更久之前；毫无疑问，当这句话被说出来时，其他的一切都通过这句话浮现出来，找到了出路，这是一些更久远，久远得可怕的事物，它们甚至可能每时每刻都在发生着，而我每时每刻都待在原地。这似乎解释了我现在为什么能在这个房间里穿梭，做着人们平常做的事——打开橱柜，迅速地吃饭，吃完之后拉上大玻璃窗的窗帘。总之，我感觉我很少搞错这些行为以及完成这些行为的人，也就是此刻正在上楼的这个人，我想他是要去睡觉。确切地说，看着他消失并不奇怪，因为他就是我自己。然而，我不能把他藏起来，他的消失让我莫名地焦虑并且无法自制：他看起来是那么的不具人格，他似乎硬生生地遗忘了之前的事情，不让自己明白：如果说他此刻像所有人一样，因为想睡觉而走进这间卧室——一个门朝楼梯拐角的房间，那么这是确有发生的，因为在别处，他正待在原地。

但我无法入睡。风变得猛烈而不安起来，然而让我保持清醒的并不是这外界巨大的嘈杂声，相反地，是不受这噪音侵扰的异乎寻常的宁静。在这宁静中，我不可能搞错：这就像是某个地点中预留的一个地点，可是这个地点并不在这儿，我想当我往回走时，当我游荡时更容易找到这个地点，不过我依然到不了这个地点，因为如果我有权向第三个人谈论这个“消失”了的人的话，那么这第三个人其实就是一直在这儿的我自己。我不能说他在睡觉，我感受到了他的谨慎和缄默，他的缄默经受住了黑夜，并且通过黑夜将空间锁定在一个地方，而我似乎既无法停止也无法退出。“就他那方面而言”，他比我更难让我的同伴——他并不承认自己这个称呼——接近，他更陌生，而且像是摆脱了这个范围，我相信这点，恰恰是在体会到他的谨慎时，也就是连他的肢体语言都沉默时。这份谨慎此刻让我觉得可怕，像他的消失一样令人不安，而他的谨慎必然与他的消失有关，他似乎走远了，从不具人格的存在中、从极度恐慌中被抹去了，而这极度恐慌甚至不属于任何人，尽管他被这样抹去似乎使我有权以第三人称谈论自己了，但我不得不承认，谈论他给我造成了无尽的苦恼、可怕的悲伤，让我觉得他的谨慎值得并需要一种安静，可惜这安静是被排斥的，尽管谨慎看起来就像是一个要求我也在上面滑行的斜坡。这就是为什么，在这个我只听到自己思想的夜晚（只有谨慎回应了我的思想，而谨慎其实就是我自己），我决心保守关于“第三人称”的秘密，至少对我的同伴如此，同时我又在思考自己是否有力气这样做，这个秘密是否意味着我缺少这种力气。

可是夜晚是什么？第二天，我像往常一样起床。“像往常一样”是一句来自外界的话，是这个封闭的空间中开着的一扇窗。我整夜都在渴望这一刻：起床，一切都像往常一样。我无法确切地描述这种渴望的含义：想要以世界为依靠？想要证实白天？想要识别表象？我想我仅仅是想要拥有起床的力气。这个愿望实现了，并且比我预想的要容易，最重要的是比我预想的更快。我只来得及对自己说：“这一切发生得太快了！什么？已经是白天了？”然后耳边又响起了那句老话：“一天又过去了，是吧？”我转向他，我的共鸣和我信赖并接受的举动可能感动了他，因为当我不由自主地说“昨夜无比漫长”时，我听到他体贴地答道：“最好还是待在这里别动吧？”——“但我已经动了。”我愉快地告诉他。——“那么，我们走吧。”他立马补充说，但却没有点明我们要去哪儿。

我爬上楼梯，走进一个小卫生间。过了一会儿，我又打开了同一个楼层的一扇门，我想这是通往楼梯的门——但它们应该是相邻的——，然后我好像被意想不到的东西吸引、渗透、驱使了，像是白日的欢愉，像是耀眼的光在颤动，以至于当我在这个小房间里向前走时，这光使我进入了夏天的深处，我向前走了吗？被打开的是空间，一个没有边界的空间，一个没有束缚的、自由的白天，尽管这自由是平淡的——因为我被凝滞在一种四处延伸的虚空感之中——，但它宛如夏日里飘忽不定的梦。我确信无疑地认出了这个小房间，我肯定在这里度过了大把时光，此时此刻，我觉得它很像哨所，两边敞开着，但空空荡荡（并不是说里面没有东西，因为我此刻发现了一张桌子），不过空得叫人兴奋，并且恐怕很难承受。我想里面还有一张长沙发椅，因为我觉得自己正躺在那里，而且由于此刻的疲劳和压力使我倒在墙上，我继续扫视着这个房间，观察它空空荡荡、无人居住却十分惬意的样子。我想我沉默了许久。过了一会儿，我走到桌旁坐下。我可以肯定我已经坐在那儿了，也许是刚才，也许是现在：我感到心慌，因为从某种意义上说我发觉自己就在那儿，而我待在原地不动这个想法再次让我震撼，比之前那次更加令人绝望且更加无意义。我情不自禁地对他说："就是这儿，我有印象，我生活在这儿。"——"您确定？"——"我觉得这个房间很奇怪。"——"不，它挺好的。"它的确挺好的而且无比惬意，如果空间的所有运动都集中于此，将这里变成一个热情的开端，变成一个没有任何人并且我也不是我自己的邂逅之地，那么这个房间会更诱人。我必须再次让自己跟随这种感受。

不久之后，我发现自己正在床上。一切都没有改变：我依然可以看见桌子，它从一扇窗延伸到另一扇窗，自西向东，至少我是这样觉得的。让我震惊并且也是我正试图想明白的是，为什么在这间小房间里，生活气息如此强烈，这是一种光芒四射的生活，它并不是非现时的，而是符合当下这个时刻的，属于我的——我清楚地、欣慰地知道这一点——，然而清楚地知道是非常虚空的，这道夏日之光引发了莫大的悲凉之感。我想，这里就是自由的空间，辽阔的地域：我在这里工作。想到我在这里生活——在这里工作——，其实就意味着我此时此刻只是作为一个映象存在于这里，就是在静止的时间中掠过的某个孤独瞬间的写照。这个想法是很残酷的，我并没有想下去，它驱赶着我，将我推到墙上，仿佛此处变成了远离此处，而这个遥远的地方顷刻间就成了白日之光，成了整个热烈的空间的飞跃和喜悦，然后日渐消殆，直到成为一个透明的点。多么壮观的幻象！可是，哎，这只是一个幻象。不过我感到自己与这个瞬间深深地联结在一起，而且仿佛从属于它、以它为主宰似的，我感到在此处发生了一件崇高的事，生活于我而言就是永远存在于此处并且只在其周围演变，永远处于没有探索的旅行之中，服从自身，与最高权威平起平坐。是的，这就是生活的最高境界，尽管这样的生活使我迷失在难以忍受的寂静与孤独之中，我还是可以说：必须如此，必须如此——我深深地吸引着你。

这持续了多久，我可以想象到。我记得我离开了那个小房间之后——我离开是因为我其实再也无法忍受这个瞬间了，我知道这意味着这个瞬间无法再支撑我——，我越走越远（我走下楼梯），一种我走得很及时的感觉袭上心头、一闪而过，尽管我允许自己离开，但我并没有因此上当，尽管他似乎说了这样一句话："你应该到楼下看看你在不在那儿"，这句话像我自己一样轻，这种轻体现了我漫无目的的脚步，体现了我被驱赶着从一个房间走向另一个房间，而与此同时，门被吹打着，风兴冲冲地从这个空间后面拂过，与寂静和沉默相呼应。

然而，我必须在楼下——楼梯最底层——停下脚步。我曾经在这里停下过，我心中有个信念，那就是此刻我必须面对些什么,也许是一个使命,这个信念似乎与我的停留有关联。我发觉天色暗了些,尽管此刻天几乎是亮的,这里也不如我来的那个地方寂静了,但与刚才的寂静有点不同,这里的寂静更惨淡、更忧伤,就好像里面少了什么称得上真正的寂静的东西,就好比只有出现某个人才能将寂静转化为真正的孤寂一样。我渐渐地产生了这样的预感:在这里,对于这个地方,我担负着某种无法推卸的责任,这个责任迫使我待在后面,仿佛是为了擦去脚印或是为了重新开始没有完成的事;是的,我必须回答一个我不认识的人,但我其实不该不认识这个人,他对我来说比我自己还要亲近,我必须承担照顾他的责任,暂时给这个责任冠以这样的名义:有关孤独的责任,从被俘获的景象中解放。

我必须承认:我本想漠然置之。为什么是这个使命?为什么落到我头上?为什么我来到这里?谁在阻止我出去?谁在阻拦我?除了我,没有任何人相信使命的真实性,没有任何人对义务更陌生,不论是什么义务。没有指派给任何人的义务还能叫义务吗?因为没有回应而消失的责任还能叫责任吗?是使命,却无法捉摸,是要求,却虚无缥缈,但又是致命的、毁灭性的,尽管如此它还是使命、是责任、是义务。我只好转向我的同伴，没有伴着我的那一个，对他说："我知道会发生什么，我一清二楚。我会向您描述我在哪儿，我想我可以信任您吧？"——"我觉得可以，但前提是我也可以信任您。"——"您的意思是我必须按照我所看到的样子描述事物？"——"按照我想看到的样子，按照我可能看到的样子，"接着他又说，"是的，一切都取决于此。"我想了想，这打开了我的眼界。我本想让他知道，他对我如此轻描淡写的要求其实多么的非同小可，超出我的能力范围，让我不知所措，然而，由于害怕他不接受我的这些理由，也因为我非常真切地感觉到其实"一切都取决于此"，我决定这样回答："好的，就这么定了，这就是我要做的事，就算我做不到。请听好，此刻我正在楼梯的最底层，差不多挨着台阶，在另外一边离我非常近的地方有一把扶手椅，但我没有在看它，因为我转向了离我稍远些的客厅。您看到这些东西的样子了吗？"——"差不多吧。这里很暗吧？"——"这里不是很暗，暗的是天色。您知道吗，一切都出奇地安静。"是的，一切都出奇地安静。已经很晚了，他应该也有所察觉，因为他轻轻地说："待在原地，不要动。"我本就不能移动，但他对我的要求恐怕是另一回事:停留在这个描述的时刻,不惜一切代价使它保持虚空的状态,维系它,阻止它朝着注定发生的事情发展。我想我稍稍地挪动了一下或者说我试图移动,但我撞上了自己的静止,我顿时深深地感觉到在扶手椅上,在离我非常近的地方——荒谬的正是这种接近,因为我的手几乎没有动,却能碰到他——,有个人正坐在那儿,此刻我可以强烈地感觉到他,尽管他的轮廓完全静止,稍稍前倾,然而我并不是正视他的,因为他略微在我身后。这一切持续了一个出奇平静而深邃的瞬间,紧接着我迅速地对他说:"从刚才开始,有个人一直坐在那儿,在扶手椅上。"一时间,我感到震惊,震撼,倒不是因为我感觉到这个人近得荒谬,这种逼近是极端的、真切的、却又是静止的:这我可以承受,而且我似乎一直都在承受着;令我惊讶的是这句话本身,我曾期望从这句话中得救,至少能获得一种不一样的光,一种自我和现实的倒退,可是事与愿违,这句话却向我展示了这个显而易见的事实,成了这个人的基础,使之不可控制,使之不可思议地、完完全全地具有人性却又极端。而当他问我"有人? 在这儿?"时,我对他话语的期待,以及紧接着他话语出现的战栗,使他的话蒙上了一层恐怖色彩,他似乎也感觉到了，这种恐怖将这一瞬间推向另一个时间，一个更古老、古老得可怕的时间，这一切悄悄进行着，表现出这个图象，似乎将之据为己有，然后产生这个问题："他是谁?"——"我不知道。"——"您见过他?"——"我想没有"，但我突然脱口而出："是的，我见过他。"

我认为很显然是他自己诱使我走到了这一步，至少是他迫使我说出这样一句话，是他照亮了某个我坚决抵制的瞬间中可见的那一面，更确切地说，我默默地、顽强地与这个瞬间并肩共处，而他并不能靠近这个瞬间。现在，一切都挑明了，至少在这一秒，我有种强烈的、无与伦比的确信，这种确信几乎在他问我这句话的同时就消失了："您什么时候见到他的?"我一定是走远了，因为我看到此刻在我左手边，门的白色渗入地面：这可能是地窖的门。我想我是要去桌子那里，桌子非常远，超过房间的中央，但当我绕过另一把扶手椅时，我突然发现了一张床或一张长沙发椅，它格外地宽大，占据了客厅的一大片区域。让我十分震惊的是我之前并没有注意到它，我开心地想：人们永远看不到房间里的一切。我依然对眼前这景象所流露的无比安详的感觉很惊讶，我似乎从未发现过如此安静的区域，如此闲适、祥和、寂静的空间。我想我凝视了这张床许久。我不是没想过要去那张床上躺下；恰恰相反，我感到了最强烈的欲望，这种欲望还表现为：在这个位置，我对这个房间有了一个完全不同的视角，我可以对它进行描述，这让我高兴，让我无比地欢欣鼓舞，似乎可以用来跟我的老同伴开个善意的玩笑。不过，我并没有躺到床上，而且我并不认为我真的想这样做。这对我来说不是百分百确定可以实现的事；为什么？我也说不清：我想到虽然我在这儿，这却是偶然的，因为时间不巧，也因为我一直待在别处——可能是厨房或者楼上的那个小房间，那个哨所，我的脑海里浮现出监视者的样子，浮现出活在白天并承受白天的负担的人——，这个想法迷失在另外一个想法中，即我在这儿有必须要面对的东西，一个使命，一个责任，然而此时此刻，我突然强烈地感觉到自己的静止，感觉到我的确信重新将我固定在这个地方。我无需做任何移动。在我所处的地方，不用转身就可以瞧见台阶，有六七个，在那之后是一个类似拱门的东西，很低、很结实，在拱门之下，楼梯转了个弯。此刻我对眼前所见的感知向我的同伴提供了一个回答。那个人影就在那儿，我看到他静止不动，几乎和我感觉中完全不同，而在我注视他的那一刻，我感觉到他正准备登上最后几个台阶然后消失。这个没有完成的动作赋予他一种新的真实性，而我们之间相隔的几步距离使他惊人地接近，比刚才还要近，我意识到，刚才使我觉得十分逼近的，是他的离开所带来的惆怅。然而最奇怪的是，在这个狭窄的空间——我看到那个人影几乎是靠在墙上的——，尽管他看不到我而且很可能对我完全不了解，他还是停在那儿，停在我的视线中，仿佛我正在注视着他这件事使他真的固定在了这个点上。这其中有些东西很蹊跷、十分不幸，我因此受到了震撼，以至于突出这一幕的奇怪背景改变了。我很可能因为受到不安情绪的影响而移动了位置：此刻我从更近的地方望着楼梯，粗鲁地爬上台阶，走向我始终注视着的那个人影，他的样子越来越清晰，于是我感觉到他比我印象中还要高大，是的，就是这种感觉使我惊讶，他比本该有的样子稍高了些，不知为何这个奇特的事在我看来仿佛一个令人张皇失措的诱惑，让我的视线错乱，什么也捕捉不到。我似乎打算继续靠近，或许是为了使这一瞬间复活，为了使它找回自己；但我本可以预见的事情发生了，这其实出乎了我的意料——我想我从未遗忘他到如此地步——而当他问我“您现在看到他了吗?”时,我十分吃惊并且感到内心产生了某种痛苦,面对这个试图侵犯我的权利、介入我的专属瞬间的干预行为,我没有作出回应,这应该不是因为我无法作答。过了一会儿,从很远的地方(因为我的反抗和否认而遥远的地方),我听到他小声说:“您知道的,这里没有任何人。”我不知道此刻我是否赞同这句话,但此刻,就在我情绪极端的时刻,我看到那个人影明显地移动了,我看到他缓缓地上了一个台阶,走近拐角,然后没入阴影之中。

我心中产生了种种感受,我想其中最强烈的是:从未有过比这种逐渐消失所表现出的真实更急切的情况;这个动作中的某些东西暗示了一件事,暗示了他的亲近,好像对于这个人影来说,消失就是他最具人性、也是最接近我的真理。而另一个强烈的感受与这个确信相反:他的消失带给我的令人沮丧却又喜悦的虚空感,我甚至不想将他的消失与我同伴的话直接联系起来。并不是说我没有看到这两个迹象之间的关联,相反地,我看出了一种更深层、更强大的联系,这是两个互不相通的范围的联系,两个也许完全陌生的时刻之间的联系,两者因为同样怪诞而相遇。

谁在谁之前？这句话，是他现在说出的，然而现在也许曾经发生过，然后重复出现、再次发生了——再次？可这无法再次发生，一切都重归虚无与死寂。于是我绝望的动作传达了这种感受，清醒的头脑只会使这个动作无穷无尽。是的，这已经发生过了，而弄明白什么时候是毫无意义的，确认回忆是无关紧要的，因为我觉得我并不属于发生之后被愉快或沮丧地想起的事物的范畴，而是属于渴望和虚空的方面，在这一方面，未发生的事因为未发生而一遍一遍地重复，没有开头也没有休止。

我并没有否认，为了走得更远我会做任何事、付出任何代价，然而不管我如何渴望、不管表象是怎样，我确定我不能这样做，在此基础上我想：我必须一直在这儿，待着不动，这就是我的使命，这是一个决定的开始，我必须守着这个决定，坚持下去，尽可能不违背它，永远不玩忽职守，但永远面临着一个要求，这个要求让我感觉自己也消失了，而且，我觉得自己远谈不上自由，而是与这消失相连、与它越来越亲近，被要求并且注定要维系它，使它更真实、更现实，同时又将它推得更远、越来越远，远到真理再也无法抵达、不再有任何可能性的地方。我看到了这个想法中可怕而迷惑人的一面，我与这个想法斗争，而它并不反抗，它的轻使我自由，变得透明，我必须破坏自由的瞬间才可能穿过这层透明。有时我觉得我仅剩的坚实之物就是这透明，如果说我在前进的话，那是因为有这透明作为依靠，有反射出来的我自己的图像为依靠，而这个映象永不磨灭，不在乎时间的消逝。这个映象或许通过它的脆弱吸引了我，只要我依赖它就必然会迅速坠落，但这坠落是无穷无尽的，在坠落的每个时刻，映象都会在我脚下重新形成，坚不可摧。有时，尤其是此刻，我也会觉得这个使命——我本想选个更微不足道、更虚空也因此更符合其强大威力的词——这个要求就是一个纽带，联结了我与我自己，联结了我与那个曾经生活在那间小房间里、贴近白天并承受白天的负担的人。也许我对他来说必不可少，而这样一种必要性使我感到很沉重，就像人们对自己而言那么重，然而我也感觉到他在我身上寄托了某种期望，使命和责任都与这个期望有关。他在期望什么？我不知道。或许是我们之间反常的距离，我明白这距离中产生了无尽的痛苦折磨，而这就是我的空间、我的空气、我的日子，这个被现实衡量了片刻的、内在的遥远之地，是的，这个事实——我略微偏向这边、偏向后边，偏向这个格外危险却又格外吸引人的映象区域，这巨大的分隔给我一种暂时的解脱？为什么会有这个中止，为什么会有这段停顿？我搞不明白，而这样不明不白的状态也像我的使命、我的责任一样沉重，因为我也在以我的方式寻找白天，即便我必须满足于飘忽的、被困住的微光，满足于瞬间的闪烁，有时我爱它几乎胜过爱人世之光。是的，我对自己说，我这方面是最好的——就我这方面而言，我到了那儿，我一直在那儿。

对此他一定会这样回答："但您有足够的时间。"这时我意识到自己已经到了桌子前，我看到桌子的圆形表面环绕着一个空花瓶，我感觉到自己在这里摔倒了，但我其实正静静地坐着，这使我情不自禁地想：真可惜我没有倒在床上，在我脑海中床一直是安宁的形象。我几乎没有感到疲惫，但我感到不知所措，无所事事到极致，无所事事也是我的使命，它使我忙碌：也许无所事事象征着一段已逝的时间，象征着监视者被抛弃并完全消失的时刻，一种迫使我只做我自己的脆弱，然而虚空的摇摆（我在摇摆中改变）应该有另一种含义，它激发了渴望，也激发了漂泊的欲望、想要走得更远的欲望，与此同时我问自己："为什么我来到了这里？我在寻找什么吗？”然而我或许没有寻找任何东西，而更远，其实就是这里、还是这里，一直如此。这点我是知道的。知道是这种孤独的一部分，成就了这种孤独，它忙于无所事事，堵住了出路。由于无所事事，我问他：“您知道刚才发生了什么吗？”——“知道，我知道得一清二楚，但您希望我们谈这个？这样做好吗？我们必须有这样做的理由。”——“这样做也许不是很好，但我也没有真的在谈论这个。您记得吧，是您提醒我的。”——“我记得吗？我由衷地、友好地说，这让你吃惊了。”——“我没有往坏处想。我也不觉得我们真的在交谈：这不能被称为话语。”于是他对我说：“您此刻在思考吗？”但他没有给我说明的时间，因为他直截了当地确认说：“哦！我们十分了解彼此。”正当我思考这样一种坚信的时候，他突然很反常地继续追问：“您写作吗？您此刻在写作吗？”这个问题泼了我一盆冷水，似乎是他问得缺乏品位，像是一只狗在嗅自己的味道一样。“在这个季节，我晚上不写作。天已经开始凉了。”——“那夏天呢？”——“嗯，夏天我会写。”他穷追不舍：“那您阅读吗？”——“读得不多，比我应该读得要少。”——“您为什么不阅读？”我必须承认，这些问题的严肃认真和兴致勃勃使我动摇：为什么我不阅读？我扪心自问，关于这个问题，我很开心地给出了这样的答案："因为我更喜欢和您交谈"，他也很开心地接受了这个回答，再一次说："哦！我们十分了解彼此。"不过也许并没有他期望中那么了解，因为他的回应似乎使他反复思考我的回答："是的，我们在交谈"，沉默从这句脱节的话中蔓延出来，揭露了它的缺陷、缝隙，这让我心绪不宁。我对自己说："看你这下会有什么下场"，而我的下场，我想在我猛然向他说了这句话时就已得到证实了："您知道吗，我信任您，除了一点，因为刚才确实有人，在这儿。"——"确实？"——"是的，确实，确实。"我意识到，急于向他肯定这个事实让我冒了多大的险，但我不知道是什么驱使我不顾一切地坚持这个想法，我认为我应该向一个事件表示敬意，一个我不该放任其消失而不顾的事件，不同的是，我永远也不会回到这个事件的开始，要实现这个事件也需要这份永不改变的坚定。我想让他明白，在这一点上我不会妥协，我不会违背我坚信的观点。其实在我的信仰中，我似乎并不觉得他陌生，只是不协调而已，而此时我捕捉到了一个一闪而过的想法，那就是我之前可能遗忘了某些细节，现实就在这个被遗忘的空隙中溜走了，比如我忘了向他描述我抬眼时在房间深处看到的扶手椅，它离我很远，是的，比离他的距离还远：这是一把结实的法式乡村椅，它有时会让我想起凡·高的椅子。有人坐在那儿，在那把椅子上，这个事实有一种十分细微的真实性，是这个不起眼的地方的真实性，而我只能没完没了地思考这个所剩无几的真实性，因为它甚至都不能代表休止或一种休止的态度，更何况是对休止的满不在乎。或许他觉察出了什么，他以为这是怀疑，然而正好相反，这其实是一种确定到只剩下确定的痛苦；他轻轻地问我："那是谁？"——"我不知道"，但他没有忘记我之前说的不止这些，他是通过这样一个新问题让我感觉到的："他看到您了？"我想了想，感到不安和伤感，于是我想起了因为我的注视而固定在一个点上的那个人影：所以他从此以后只是这个点，一个虚空的、安静的点，一个虚空的瞬间，就在我的目光出差错时，他很不幸地变得陌生了，而我的目光本身也是虚空的，没有进入这片区域，或进入了却没有抵达，只遭遇了虚空，被自己的视线封闭的圆。他抓住这个话题不放："他是怎样的？"——"我不想向您描述他，至少现在不想。我似乎不该这样做。"——"您的意思是您有能力这样做?”——“我想我不该思考这个问题。”——“啊!”他奇怪地说,“我明白,我明白,您尊重他”,我没有否认,于是他突然转换了视角,并通过这番话表现出来:“您不害怕?这不可怕吗?”

“可怕”这个词让我震惊,让我迷失方向。我突然间明白(这其实费了我不少劲):刚才在那儿的人是可怕的,是我不该来往的人,随着这个观念的转变,我觉得我也不能和任何人来往了,甚至与自己也不能有更多的交集。难道是这样一种决裂感让我对这个时刻如此陌生,难道是这种决裂感引发了一种崩塌,一种眩晕,在这眩晕中,我不仅没有赶走那个可怕的人,反而与他咫尺相邻,出于共鸣和想要认出他的欲望而与之联结?移动使我跨越了一道道深渊,我本可以相信有人在那儿,我所感觉到的多么像是他在靠近的动静。我如此明了,那么他应该也相信那个人的存在了,他很快问我:“您现在看到他了吗?”然而这个问题使我明白,我刚才感受到的光想要照亮其他一切事物,包括我此刻的回答也完全在这“光”的照耀之下:“是的,我已经看到他了。”

这句疯话从我口中说出,似乎是我所能经历的最糟糕的事，这个懦弱的举动使我用熟悉的人和已经认识的人(因为想要控制不认识的人)代替了可怕的人。然而，我能够拒绝这样一种光吗？难道我不曾有一刻与这空缺十分亲近，近到看见它就终结了亲密感？但是这句话……我们两个当然都听到了，而且他紧紧抓住不放："您的意思是您在其他地方见过他？"他的问题使我紧张，我转而注意到了一个关于他的发现，我本想早点说出来的，如果不是因为不想通过这些发现而接近他的话：我觉得越是存在一种更为慎重的方式我就越要保持坦率——这句飘忽不定的话，我在某些时刻、某些地点与之相遇，我不能忘记要以无比认真的态度对待它，要与它的默契和无尽的耐心相称，否则就会使之沦为心血来潮的回声。但是，当我守住我的"发现"时，他却完全没有如我期望的那样偏离自己的方向，甚至还更加犀利地说："您的意思是您认识他？"这句话让我明白我最好这样回答："我曾经以为我认识他，但是当您问我这个问题的时候，我相信了我从任何角度上都称不上认识他。"我还说："您很清楚我想说什么。"他坦然承认："我明白。"但是，当我听到这番话时，我突然想到他所谓的明白也许与我所指的方式不同，尽管他给了我这样一个惊人的回答:“那刚才呢,是不是每次都一样?”我很快就领会了他的意思;他想重述我的话,并且比我之前所说的内容还要多些,而且他可能放任了我的确定,但前提是这确定是无关紧要的,是的,是完全失去意义和真实性的。我被驱使着走上了一条路,我停下脚步问他:“您的意思是我并不是始终不变的?”这句话终于告诉我正在去向哪里。

我想我受尽了痛苦,已经没有心了。我经历了这么多斗争,走得这么远,而这么远是哪里?在这张桌子附近,我看到它的表面也在轻轻地旋转,就像虚空的移动一样轻,而在那里的那个人也许正在写作,我则依靠着他,依靠着另一个我,依靠着这个某人:在另一头,依然是这间客厅和这张桌子。面对这样一种无限,我无依无靠,面对虚空,我毫无力气,问题一刻不停地开启和关闭这虚空,使我连掉入其中的机会都没有。甚至应该说这把我举了起来,把我从疲惫中举了起来,我觉得当我发现自己站起来时,这个举动、这个不顾一切想要穷尽空间的欲望造成的结果是,我瞬间下定的决心汇聚起来,于是我突如其来地扔下一句话作为回答:“我会继续从这边走,绝不从另一边走。”

对我而言,“从这边”大抵意味着他所在的一边,无止境的一边,在那里,所有瞬间将我带到一个如此不确定、无意义的地点,以至于在此之前的瞬间全部消失了,自动消失了。我无法掌控这些无限的时刻,而最可怕的是,仿佛有一种持续的压迫感,我感到有义务成为这些时刻的主宰,引导它们,向它们传达这种试图让它们滑向一个不愿到达的终点的压迫感。对于这份压迫感,对于这急切的叙述,我完全无法抵抗,它就像一个命令,一个我给自己下的命令,这个命令震撼我,驱使我,强迫我四处游荡。因此我不能自已地觉得,这种探索并不只属于我,并不只是我的过错,它同时也存在于我的周围,在私密的空间,隐藏在话语中,这话语需要虚空但没有找到,或者说它希望恢复镇静却无能为力。

从我走来走去的时候开始——当然是去远方,不过远方在这里——,这里发生的事我无法视而不见,或者说我也应该遵循视而不见的真理而活,根据这种真理,我认同白天的透明幻象,但我认为每时每刻都将我环绕的虚空映象同样很重要,不仅如此:事情以这样的方式发生,以至于当我看着它们无休止地在一旁发生,并且离我更遥远以至于我永远也触及不到时，我却感到对这一切有很大的责任。我想我说的是真理的一边，用他所选择的语言，说我们互相理解。我对这种理解可能无比陌生，但即便是当我不理解时，当我还停留在外面时，我也没有忘记他，我依然觉得我负有直接责任，带着焦虑、疑惑还有预感，是虚空的、极不令人高兴但又顽固、苛求的预感，因为，我与这个应该维持、不该定格而是任其自由的瞬间失去了联系，但当我前去和这个瞬间相遇时，我必须忽略虚空的预感，证明我的理解和创造性的联合，不过又不该为此担心，以免用来担心的时间会使理解崩塌并且不幸地扰乱虚空。

我只能这样表达。我必须与无穷无尽作斗争，却又要使它出现，不让自己焦虑，这使我慌乱，在这样一种慌乱中，在寻找一个不愿被找到却又渴望被找到的瞬间时，在这个我必须维持相似性的空间里，我似乎为了保持与自身的联系而倾尽全力。这或许是个错误，或许我所谓的忠实和严肃，以及想要保持站立的意愿，只是一个需要维持的小小愿望，一个请求黑夜再迟些到来的祈祷而已。是的，这很有可能，但不能断然放弃自制，只能努力保持形式的严密性以及与白天的联系。向上走，向下走，但即便在黑暗中，即便在多远的地方，都要为了光明而奋斗，必须如此。

我没有忘记，世界建立在其自身之上，只有大地是神的基础。对此我也深深地感到自己的责任，我必须认真地与自己接近，在这个考验中我一直保持着这种认真的态度，这个考验迫使我活在自身之内，与错误比邻，活在默契中，有了这种默契我并不能完全理解，而我必须坚定不移地保持这种默契，不能逃避，并且尽我所能地不让自己失去理智。

我们彼此理解，我有许多证据可以证明，但其中最令我深思的是：当我不再独处时，孤独感就变得十分强烈，无穷无尽。这个事实一点也不奇怪，它只是将我所在的场所变得格外真实，我发现这个场所在各方面都很像他，很像在这个场所或有时在其他场所对他进行的描述——关于他，关于一切在那儿发生、在那儿出现的事情。这种相像很不可思议，它并不是不容置辩的，也没有权威证明，它更像是一个奇迹，似乎毫无根据，不被证实，无可争辩，但又是不确定的，是一种更为内在却又显而易见的现实，完全聚集在可见的光辉之中，而在此来来往往是一种令人狂喜的事，况且我乐意观察事物沉浸于惬意的孤独中而无视我的存在，并且以我的不在场为乐，这更让我难掩狂喜之情，而且，“默契”这个词确实也包含游戏的快感，通过这个游戏，我们彼此理解。我觉得这样的惬意最好地表现了孤独：空间的轻轻一笑，无比愉快的本质，愉快到毫无保留、心无旁骛，像虚空的回声一样回荡，放弃神秘，无关紧要到极致的轻。他十分突然地问道：“您为什么笑？”或许我并没有察觉。他的问题让我深思，因为我绝对没有笑，应该说我沉浸在下决心之后的幻想中，正处于不太高兴的状态。这个惊人的问题似乎是在某个不同于此刻的关键时刻提出的，它引出了另一个问题，另一天，而且，每当他表现出能够从我没有开辟的道路向我走来时，我都为之震惊。我本可以问他这个问题的目的是什么，却说出了这样一个回答：“因为我并不孤单。”他按照他的方式解读：“因为您不在这儿？”我愉快地回应：“您想知道我在哪儿吗？我刚拉开大玻璃窗的窗帘，正在观察。”我看到被照料得很好的小花园——勉强算得上花园，是被墙围起来的几步地——，它就在我眼前，就在窗户外面一点的地方，虽然在外面但还是在我的视线范围之内，因此当我望向窗外时，我还有一种触摸到记忆深处、触摸到其最后可能的感觉，这块窄小的区域使我得到了延伸，它给予我的比我本该获得的还要多一些，因此我获得了两倍。我想起他总是给我带来欢乐，甚至在此刻，我还因为这意料之外的可能、这保留的空间与光（我尚能转向它）而震惊。这不是无限的光辉，不像在我生活和工作的地方，在那间小房间里，亮光使我注视房间，仿佛它是一个独一无二的时刻，是外界最强烈的光。在这里只有一个小小的碎片，像梦中真实的矮灌木一样令人欢快。我看到了，但是此刻我感觉到一个残酷的事实，他看不到我所看到的东西。同样令我十分震惊的是，忠诚使我与他保持距离，使我永远不相信他会独自行动。这让我回想起我刚才的回答，我看到他依然想着这个问答，没有注意到我在沉思，然后我又得到了他的回答："是的，您不孤单，但我们是孤单的。"

"我们"这个词让我印象深刻，好像它包含了不同以往的语气。我觉得他在说话之前会离开我身边，会逃离，逃离成了理解的基础，于是，话语中被消耗、被燃烧过却依然格外鲜活的生命力，像被呼出的一口气一样，散发出来。在我看来，"我们"这个词暗示了他的逃离，暗示了以接近彼此为借口而远离的诱人的必要性，我突然想到，我之所以要在交谈中耗费这么多精力，是因为我首先得让他离开，得与他分开，距离越大，话语就越深刻、越真实，所有来自远方的东西都是如此。通常我在“思考”时让自己获得的，并不是平静的延迟、停顿：而是一场无声的、强烈的但又几乎不真实的斗争，是一场梦，在梦中，我必须丧失生命，丧失自我，这样才能使他的周围都变得虚幻，从而使他能够在远处说话。然而他这样做了吗？我刚才所说的逃离并不是指分离，而是指回归，指出现在耀眼的关于忽视的世界，也许我所做的努力就是，在我所在的每个地方都开辟一段间距作为他的处所，撑起逃离的帐篷以便与他在里面交谈——因为他不在那儿。然而他这样做了吗？我突然发现自己在想：尽管他在我的请求下离开，但他其实从来没有完全离开过，并且，在这个看起来很自由的领域，就像白天在黑夜中留下痕迹一样，他也留下了一个痕迹，一个伪造空间的假象，并将这个假象变成错误之地。或许我应该更加努力，从而使他走得更远，更诚恳，不作假，不欺骗，不是默契的游戏，不是孤独的乐趣。然而，为了达到这个目标，难道他不应该再稍微专心一些吗？他自己不是也对我说过这样的话吗？难道他没有在某个极具戏剧性的时刻提到想要与我联系在一起，从而能够与我分开？是的，他出现在我的这个想法中，我依然在接触这个想法，被它吸引。

“当您说我们的时候，我不确定您所指的是什么。这既与您无关又与我无关?”——“与我们有关!”是的，这挖掘出一个巨大的间隔，于是我可以对他说：“这段时间我想了很多。我感觉以前的您更加隐蔽。或许您曾经就是非同寻常之人，但我和非同寻常之人一起生活却没有感到不安，没有看到他也不了解他。”——“您对那段时期感到后悔?”——“不，我不后悔。”——“非同寻常之人。”他重复这个词的方式让我想到，他并没有真正地理解这个词。我注意到，他喜欢事实，他对“在他那边”引发的事件和最平淡的事物异常好奇，甚至是热衷，有一种惊人的、难以忍受的贪婪，因为我常常觉得，他并不知道这些意味着什么，用来指代这些事物的词语对他而言还是晦涩的，至少是当他在自己的范围内反复思考这些词时。但我本不该完全为自己说话的，因为他再次就这个词质问我：“有这么非同寻常吗?”我毫不动摇：“是的，就是这么非同寻常。”他沉默了一会儿，说："您用这个词不是为了让我高兴吗？"——"是为了让您对我的想法有个了解。"——"这个词也许并不能让我高兴。我们对彼此来说有这么非同寻常吗？"——"也许我在用这个词做掩护。它可能让我想起了某些事。我有时还会觉得，与您交谈是件奇怪的事。"——"是啊，我们在交谈。"

我再次被震撼了：这个词简直像是被扯开了，露出一道裂缝，从这裂缝中产生了一种令人痛苦的沉默，一块中立的区域，让人很想在空闲时将这里走个遍，永不休止，一步接着一步，从不期待有一天会疲惫，会体力衰竭：介于两者之间，也许是受到了这个景象的影响，在稍事休息之后我再次走向了客厅，所以我看得更清楚了——我想我看见他了——仿佛房间与它本身的外表混合在了一起，这并不让我吃惊，但这妨碍我纵览整个房间，也使我打消了这个欲望，更令我震惊的是，眼前这番景象——难以捕捉却又在这难以捕捉之中受到保护——是如此的模糊不清，如此怪异，甚至可以说不在乎任何真实性，不在乎可靠性，而在可靠的情况下，我本可以走遍这个地方，将它封闭在它的边界之内。对于这里发生的事，我可以尽量认为自己是负有责任的，这份责任只会突出事件的虚空以及“您为什么笑?”所体现的不严肃，若不是因为回忆再现的消散，我应该会记得自己听过这笑声，那是一种没有色彩的浅笑，围绕着这个浅笑是不可能锁定一个看不见的存在的。我想我从来没有这么强烈地感觉到，自己也身处其中。我总有这样的猜想，当我说我的时候，是为了迫使他也说“我”，让他从背景中走出来，从这卑劣的、无用的中立中走出来，在中立状态下要想平起平坐，我就必须变成他。我或许曾经靠近过这片区域，但并没有发觉，我因为年轻的骚动和澎湃的心境而与他如此紧密相连，我觉得自己与他如此亲近，近到可以称他为“您”，同时又与他如此疏远，远到可以听见他说“我”，以至于，在这些人称的掩护下，在我每次都要毅然决然地从他那里抢夺来的平等的庇护下，至少有那么一刻，我相信自己远离了听到无名氏、匿名者对他谈起这些的危险，我应该是曾经有过这种想法的，然而现在我预感到，这个想法将我带到了一个我不想去的地方，因为我可能成功地——通过某些诡计——使他藏匿在我的保护之下，但是现在与我进行的交流是匿名的，而其结果只是不真实的、浮于表面的闲聊，只是喜悦之光和耀眼的瞬间永远在闪动而已。没有什么非同寻常的东西，如他所言，没有什么重大的或令人震撼的东西，尽管在这呼吸、在这停留都是不可能的，好像只有在稍微严肃些的时候，才能呼吸，才能期盼。这恐怕就是我必须越来越频繁地问他"我可以考虑下吗?"的原因，而他一定会回答说："当然可以，但是需要多长时间?"

这一切从何时开始？这一切是持续的，没有开始。这一切又不是持续的，只是没有结束而已。不论我从哪一点出发，都必然会到达同一个地方，也就是我所在的地方，这是为什么呢？而我所在的地方，毋庸置疑就是我们在交谈时他一直停留的保护地带。这个保护地带是我们的共享空间，一个"自助"空间，有一种无限大的信任在这里体现出来，我觉得这份信任有时是相互的，但是从我这方面说，恐怕这份信任还隐藏着一种欲望，即想要永远维持我们正在谈话的时刻的欲望。

在这个空间里，也许是因为我更加努力克制自己——这也是为什么我没有到达尽头，从我这方面说，我并没有到达尽头——所以我一直活在伪装之中，却不知道这伪装从何而来。最简单的做法莫过于相信我确实向他隐瞒了什么,这样做很容易,他并不强求我接受他,也不强迫我做任何事。但其实我很清楚,这称不上伪装,相反地,我越是无拘无束地进入这个空间,在接近伪装时就越是感到窒息。他完全不关心我会想什么、做什么。以前我能够在人世生活,他不妨碍我,我也不妨碍他。但是渐渐地,由于受到伪装的限制,为了摆脱这个我以为能够就此消除的令人窒息的因素,我抛下一切以便再也不对他有任何隐瞒,于是现在的我再也不生活在人世了,而是生活在伪装中。我试图在这个词的掩护下继续前进。我试图明白为什么在这个空间还存在纠结和紧张,存在一些需要一切的区域和一些排除一切的区域,期待和遗忘交织,引发起伏不断的骚动。我无法打消这样的想法:对于他的某些话,如果我曾经更好地抗争,如果我所做的不是聆听、感兴趣、回答,而是极力地去领会,同时任这些话开辟并沿着自己的路径走下去,就算这条路如缓慢运动的大漩涡那么深邃,如果我这么做了,那么我就再也不会游移于表面,漂泊在残留的、半期待的世界了。然而,这只是一个想法而已。在其他时候,也许是当我冷静思考的时候,我打算相信我自己的话语。我并不是指我的话表达了我没有说出的东西，也不是说它们体现了一种能力、一种充分的忠诚；相反地，这些话是笨拙的，不太变通的，同时又是过分的，爱卖弄的，喋喋不休的，不过有的时候，尤其是接近伪装的时候，它们似乎就会反映出本质，回应本质，或许这些话语所表达的内容毫无价值，对我而言没有任何帮助，甚至应该说束缚了我，因为它们让我觉得是在虚空中对话，但这仅仅是因为我执意待在远处；恐惧、眷恋、无力、忘却，正是这些使我退缩，而话语很久以来已经不再服从于这些普通的感受了，它们回应着显然只是回音的东西，但就这样处在伪装的周围，占据其位置，取代其位置。

我试图向他说出这番话。我觉得我本不该这么做。有时我会想，他期望从我这得到的是一段平静的对话，没有间断，滔滔不绝地你一言我一语，在对话的过程中，他会表示有些怀疑，趁机稍作休息。但我忍不住对他说："我们所在的地方，一切都被伪装起来了，不是吗？"话音未落，这句话就坠入了虚空，并以一种虚空的方式回荡，唤醒无比虚弱的外界，激发充斥整个空间的无比痛苦的肯定，在这空间内，被说出的话总是从同一点再次经过，重蹈覆辙，并且不论何时，说出的总是同样的话，永远处于出了差错的状态。我不能说自己就这样从话语中被解放出来了。相反，话语不断地回到我这里，好像它就是对自己的回答似的，每次我都把话说完，但每次我又重新说一遍，因为话语要求：被说出并且反复被说出。

我一定是在原地待了很久。每时每刻我都对自己说：我现在无法再思考了（当我思考时，并不是真正意义地思考，而是像对时间祈祷，祈盼它愿意完成自己的使命）。我站着，距离一张无比宽敞的床几步之遥，这张床大得过分：我甚至不确定这是不是已经是地面了，如果是地面的话，我就不能躺在上面，就像我曾经渴望的那样。我看不清物体，我看到的是客厅的整体，我紧挨着它，就像它紧挨着我一样，我们以一种淡薄的关系相连，这种关系使我们之间晕开了一个轻淡却绵长的笑。这个笑奔跑在空间的边缘，并不横穿空间，但似乎它就是空间，而这种快乐尽管对我而言是陌生的，但它去到了我认为自己所在的地方，它使我涣散，扰乱我本该完成的严肃决定。我一定是走向了厨房。我想，从很久以前开始，我就在走向这个地方，这个想法本身有让人压抑的一面又有使人愉悦的一面，但是前者总是超过后者，正是因为有这个想法，当我触摸到门的时候，由于想起了离这里不远的地窖（我在那里差点摔倒），我转身离开了，但是想要喝水的欲望立刻又涌上心头，我感到口渴，口渴再次让我往回走。“给我一杯水”，我小声说。这些话我几乎没有听到。然而他却清晰地回答：“我不能给您。您知道的，我什么也做不了。”

我听了他的话。这些话包含某些格外引人注意的东西，清晰而准确：在我听力所及范围内，可是这些话好像忽略了我，而我也忽略了它们。在这里产生了一个新的现象，我觉得我应该为将来考虑，担心这个新现象的出现，但是现在它还很轻微、草率，而且以现在这种程度，我还不能想着抑制它。也许我什么也没听见，也许我把没有说话当成了话语，但是在这里，没有说话已经是话语了，没有被听见的已经被说出了。我本该走得更远，但我发现自己因为悲伤而无法动弹，这里如此虚空；这里以一个十分疲惫而执着的远方的名义说话，伴随着巨大的痛苦，如此模糊的痛苦。是这里吗？

我并不期待回答，但我所得到的回答恰恰揭示了我身处的危险境地。好像“这里”这个词将我吸引到了别处，又好像是我自己因为自己的变化无常而将这个词轻轻地推到了面前，我反复越过他的话语，或者，在他的话语中，我找回了自己的话，就像一个完好无损、尚且可见的内核，这句我本该说出的话，我又找回来了，但紧接着我感觉到一种微小的、小到可怕的纽带将我与这句话联系在一起，我还感觉到它陌生的、不具人格的特征，以及它微不足道的一面，正因为这微不足道的一面，我可以说它属于我，因此我将它说了出来：当我说话时，我不是已经觉得在很远处看到这句话了吗？我难道不觉得它很久以前就走在我前面，是因为一个移动、因为一个意外的后退，所以我在与它相遇之后才有力气不错过它？是的，我有这个力气，有力气阻止它被别人说出或不被任何人说出，而不是被我说出，但是尽管我觉得由于后退我尚能说出这句话，我还是认为，不管怎样，这句话已经单独地被说了出来。

我立刻想到，我必须待在这个地方。也许这揭示的并不比我已知的信息更多。也许它告诉我唯一可以让我坚守着某些真实的东西的地点，只会加强我不安的虚空感，我仿佛感到，我唯一还可以归属的话语也散落了，这些话语是仅存的能使我不再游移不定地你一言我一语的地方。

现在我明白了，我似乎明白了，为什么我必须待在这里。但这里，是哪里？为什么在他旁边？为什么在我说的所有话和他的所有回答之后，会有这句："在我们所处的地方，一切都被伪装起来了，不是吗?"我听到了这句话，但我没有理解，它是不被理解的。一切都出奇地安静，但他始终与这安静相称，而这份安静虽然这么深，却还是比不上他，这份安静总像是被驱逐、被抹去；我只能对自己说：现在，安静已经结束。这是一种我再也找不回的感受。

我又回到了稍远的地方。想必是更接近客厅的中心了，因为我感到光线与之前不同：房间很低，长大于宽，但还是挺大的。我不知道是什么阻碍我描述这个客厅，阻碍我坚定地使它存续在描述中。这不是记忆力的问题，而我其实并不在那里，并没有真的在那里吧，就像他暗示的那样？我不是不相信他的暗示，然而我的相信同样缺乏真实性，因此我并不是真的相信。这想必与我和他的关系有关，和"我们"的孤独有关，而我必须保持在"我们"这层关系中，一直与他分隔开，从而使他能够在这间隔中表达自己，也使我能够听到他，我必须保持这样的距离，但不能离开：涉险将自己献给这个令人窒息的因素，当它显现出来时，就会阻止我伪装在里面，强迫我游荡或涣散精神，同时让我随时准备接受伪装的强大力量，我在想，如果说我没有理解这个想法的话，我至少是依赖它的，从某种意义上说就是这个地方，就是从这里我看到了客厅，然而我又一直待在客厅。我透过大玻璃窗向外看，——此时一切都出奇地安静——我看到绿叶组成的帘幕周围流动着奇特的幻想之光，我可以想象到的最明亮的光，但这光又不完全是光，只是与光很像，它表达了冲出深渊终于可以迷失于表层的缓缓滑行中的那种快感，当我看到这光时我就不由自主地想起：在窗户的另一边站着一个人；我刚想起这件事，他就转过身来面朝玻璃，他的视线并未在我身上停留，而是专注且迅速地观察整个房间的前后左右。这个画面几乎立刻就消失了，然而那种感受是挥之不去的，这个可怕的感受就是又回到了那个无意义的点，回到了那个不知疲倦的时刻，仿佛任何道路都将我带回那里，仿佛某个时刻说的所有话都要经过这个存在，而它的强度还有它活跃的力量只会让人想起这个时刻的不纯粹，勾起我想要继续寻找可以看的东西并在那里停留、在那里休息的欲望。这个感觉十分强烈，使我不再利用自己，以至于当我听到这句低语:“有人在从窗玻璃看我们。——从窗玻璃?”我像是被解放了一般,浑身充满着某种喜悦,不仅是因为我向不可回避的事妥协了,同样也因为在这个瞬间,“窗玻璃”这个词所暗含的隐晦之意此时变得透彻了,而我从这透彻中捕捉到的恰恰就是这光:他再也不理解我的话的时刻就要到来了。我无法抱着这个预感直到最后,我缺少体力,我失去了我自己。

这持续了多久?我可以想象到,因为我在恢复镇静时所想的,应该就是我在倒下时所想:确切地说,最终,我倒下了。但我发觉自己只是坐在了一张桌子旁,与此同时,我听到有人问我——像一阵贪婪的颤动横穿空间:“您写作吗,您此刻在写作吗?”听到这番话,我也颤抖了起来,我明白了之前将我唤醒并带到这里来的,就是这个不断在我耳边响起的贪婪的低语,因为对于这样一种持续的贪婪、这样一种不懈的坚持,似乎很难逃脱或是确定其极限。这有些让人气馁,却又具有一种快乐特质,吸引我参与其中。不过我还是感受到了不安和不适,因此我觉得这些话让我窘迫,因为它们十分灵活地连贯在一起,以至于我都搞不清楚它们究竟是一个问题还是仅仅是一个命令或鼓励而已。我想这些话不完全是对我说的，于是我感受到某种自由，在必要时我也能轻率地回答的自由。应该就是这种自由、这种与我无关的感觉，不知不觉中让我开口说话；我无力地问道："我写作吗？"这句话脱口而出时更像是叹了一口气而不是说了一句话，尽管这句话很无力，但它足以打破平衡，而他那一直飘忽不定的绵绵低语立刻像被虚空吸引了一般，猛地转向我，面对着我，他居高临下地问："您写作吗，您此刻在写作吗？"他的居高临下与我的软弱形成可笑的反差。我情不自禁地回答："可是您知道的，我不能再写作了，而且我几乎不是我自己了。"我后悔自己说了这些话，因为它们太严肃了，然后他的话立刻又紧随而来，像浅笑一样转瞬即逝，尽管是从稍远处传来的："您写作吗，您此刻在写作吗？"

我确信我正处于一个拐角，要确信这一点需要我倾尽全力、全神贯注，我不会因为想起我已经并且几乎每时每刻都确信自己正靠近一个拐角，而他只是使我转身并退回到后面，就放弃这个确信。我很清楚为何我会有另一个确信，为何我此刻下决心走得更远，是的，从这一边，绝不是从另外一边。我看到：我们面对面站着；至少我有这种感觉，而在此之前我从没有过这样的感觉。并没有值得欢喜的事甚至没有任何事因此产生，但这点不足以阻止我。因为这种感觉——并不是被束缚在墙角的感觉，而是欲望，这与注视我、使我固守在原地的可怕要求不同，这种欲望努力将我拖入真空的、无根源的时间的虚空中——这种欲望是面对如此要求时，想要回归某种真实之物的欲望，而这种真实之物为了回答他，曾经以我的身份说话。尽管他没有考虑这个回答，它还是进入了他的空间里，我现在就是依靠它而存在的，我得到了它，必须守护它，就算要经历同样无法彻底摆脱的悔恨感。

于是，当我想到他经常对我说的："哎，一天又过去了，是吧?"我满意并感激地接受了这句话，就好像他一直都注定要告知我这新一天的到来。是的，旧的一天过去了，而照亮这个瞬间的微光很像是之前告诉我"这就是您所在的地方，这就是您的样子"的那个微光。我依然在桌子旁。我依然接近我话语中坚决的成分，依然倾向于我的话语，然而我无法区分我的话与他的话，也就是我应该当作是他的问题的话，尽管这是因为我回答了他。问题没有因此被动摇，但这只会使我渐渐意识到的事实更加意味深长：即他的问题带走了我的回答，至于我的回答，已经和这低语混合在一起，我此刻几乎辨认不出它是属于我的了，它渐渐地成了许诺和诱惑。我仔细想了想：一开始，此刻的信心给予我冲劲，但渐渐地我产生了不好的预感，担心我白白地将自己的内心、将堡垒的中心——没有打败他——赋予了他，当他对我说："可是写作不就是这样吗？"我一点也没有体会到一句不同的话所带来的喜悦和趣味，反而感到又一阵恶心，我们的两句话紧紧地连在一起，混合在冷冰冰的亲密中，混合在它们虚空的淡漠中，这就仿佛，我必须在远离自己的地方奋斗，但同时也要远离他，在一个我不是我、他也不是他的地方。

就是这个距离，就在这个十分遥远的地方，我听到他轻轻地重复道："我想这就是写作"，大概是为了让我明白，如果说他找回了优势，那么他并不是以阴险的方式找回的，而是通过承认事实、比我更深入地接受事实的方式，这种深入的程度让我望而却步。我也很想达到如此深度，然而我能做的只有反复对自己说："就算是我达到的程度？在我所达到的程度？"这其实是为了问他我达到了什么程度。我猜他会像回声一样回答我："您达到了什么程度？"

或许这句话开辟了一条通向我的道路，但是由于他只说了这么多，我无法主宰沉默，这句低语就是沉默的顶点，我无法抵抗。我问他："我们因为写作而联系在一起，不是吗？"他立刻回答："是的，是这样"，紧接着他又说："不过您知道的，我们之间不应该有称呼。"这句话说明他没有忘记任何事，什么也没有被遗忘。

我几乎没有注意到这句话，也许是因为，我自己已经不在那个想要给他称呼的时刻了，又或者是因为，从这一刻起，我已不知不觉地给了他一个称呼。然而，相比这个想法，我更倾向于另外一个：我们是联系在一起的，他也承认了，他用一个"是的"表示承认，我捕捉到了这个"是"中所包含的显著特征和永恒不变的力量，除此之外，它还认可了我们说的所有话，其中影响最大的是对我们所在的整个空间的肯定，这个空间中没有任何需要删除或摒弃的东西，就算是在虚空中，这句"是"也一再确认，以至于像是在提醒我，从此以后，不管我怎样拒绝，不管我怎么说"我无能为力了"，一切都要因这句伟大的"是"而从头开始，一切都要缓慢地、庄严地走向成功。"是的，是这样。"一片寂静，然而我无法在此停留；相反，我脑海里浮现的是，我应该好好利用这寂静，既然我们是联系在一起的，我们是从此刻开始联系起来的，并且只限于此刻。此刻，他将像他承诺的那样，“为我做些什么”。我问他：“您现在是不是不想帮我？”他好像迟疑了，我用我的坚定、我的期待还有我的耐心填补他那无尽的迟疑，但当他从很远的地方低声回答我的时候，这些都被收回了：“您知道的，我不能帮您。”

我立刻站了起来，并且，似乎是由于口渴的感觉再次袭来，我走向了厨房。在那里，我寻找着杯子，但是出于某个我没有察觉的理由，我并没有找到，或者有某个因素阻止我继续找下去。我走回客厅，这里的昏暗让我感到惊讶，我听到他问：“您刚才做什么了？您身体不舒服吗？”——“我很累，不过已经好些了。”——“是的，您会恢复体力的。”昏暗的光线使我不安，于是我对他说：“我还没跟您说呢，就在这旁边有一张大床，我要躺上去。”——“一张大床？”此时此刻，我思忖着刚才到底有没有喝这杯水。没过多久，我就几乎可以确定这件事并没有发生，有什么东西阻止了我。我又思考了一会儿。终于，我对他说：“我忘了些什么，我必须回厨房。”——“随便您，”他说，“您有的是时间。”然而，我并没有回去。此刻我缺少体力，而我认为体力来源于水。我坐在床边，估计是为了继续思考，但是没过多久，我连认为这一切都很重要的力气也没有了。我只是在想是不是有其他人替代了我，这似乎解释了为什么我对这个活动的记忆这么淡。同时我还在思考他的最后一句话，现在我被劝说着信赖这句话。我怀着善意思考这句话，尽管这是没有入眠的休息，虚空的休息。不过除了虚空和静止之外我也不想要任何东西。

我常常在无比焦虑的时刻幻想着断绝一切联系，我好像对他说过这样的话，我好像就是为了解除联系才会想要建立联系，与他如此紧密地联系在一起，那么我们之间的默契就会变得真实，从而在真正意义上被摧毁。也许我幻想的还不止这些；也许我接近他只是为了与他斗争，使他因为斗争而与自身分离，就算我也要永远与自身分离。这个幻想所体现的不过是我的疲倦，无意义的疲倦，遗忘的瞬间，在这遗忘的瞬间，我白费工夫地在我最熟悉的事情上欺骗自己，那就是，关于他的种种，我都不能往坏处想。在最艰难的时刻，我想我从来没有产生过一丁点懊悔或仇恨的情绪，没有产生过一丁点罪恶感，结果就是，我恐怕被剥夺了希望。这没什么大不了。我从没有忘记承认他是对的，尽管只有我是对的，而对我，他也从来没有认为我是错的。如果正是这个事实一边阻止我迷失一边使我迷失，一边不断推迟终点一边束缚我，那么我接受这个束缚并将永无止境地经受这个考验。

为什么有这样的信任？这是信任吗？我并不是信任他超过信任自己，只是对他的信任多一点点，因为他不如我可靠。对他的信任多一点点，因为我在他身上得到的比在自己身上少一点点。这是信任吗？至少没有理由说这是不信任，没有什么能够让我有后悔这场相遇的倾向，如果这场相遇真的发生过的话。这是信任吗？那么，是对无尽深渊的信任，相信这无尽深渊不会消失，不会抛弃我。

我从没有觉得他会给我什么重要的启示；从他那里，我不期望得到任何启示。这也使我们彼此公平对待。可是，我真的什么也不期待吗，我难道不想问他"我可以信任您，不是吗？"而我此刻正在这样做，于是我立刻听到他回答说："是的，不过前提是我可以信任您。"——"您是指我必须一刻不停地跟您说话？"——"说话，描述事物。"这足以让我觉得不确定。"为什么要描述？"我问他，"没有什么可描述的，几乎什么也没有了。"为什么他如此疯狂地渴望事实？他可能根本不理解这些事实，但他依然想知道，我很快感到自己体内也有他这种盲目的渴望，像是种恶心的不适感。他真的在寻找什么吗？他不寻找任何东西，他找不到任何特别的东西；相信他使我立刻疯狂起来，我甚至不觉得他和我有特别的关系：不是和我，不是和我。然而，这种无目的的、坚韧的疯狂渴望，永不气馁地等待着一丁点儿毫无价值的事实，我感觉到这种渴望化为我自己的反感在向我靠近，我感觉到它在摸索，如果我不能满足它的话，至少应该阻止它。我可以给予他什么？一个手势，一个步伐，一口气，最后一口气？还是他自己的话语？我曾经想与他的话语永远保持距离，但他总是不知疲倦地重复，仿佛余下的生命全在他的话语中，而他还想要将它缩小，直到完全剥夺我的生命，从而使我再也没有属于自己的东西。我怒气冲冲地对他说，连我自己都被这股怒气伤到了："您想知道我到了哪里吗？一切都没变，我们一直在同样的地方，我们一直在那儿；是的，我觉得跟您说话很奇怪，能够做到跟您说话很奇怪，待在原地很奇怪；为什么这件事消耗了我这么多体力？为什么让我消耗这么多体力的事，我要无休止地做下去，而我并不想做这件事，并不期待从中得到任何东西？我会继续和您闲聊下去吗？这件事让我筋疲力尽，这件事一点也不让我筋疲力尽。”说了这么多，只能说明我的体力可怕地增长了，并且我马上意识到了这点，而当我听到他的问题时这种意识变得更加深刻，他问我：“您想见识新事物？”就好像他也一直满怀好奇地无限期待着新事物。他的这个举动消除了我的躁动不安，迫使我默默地回到此刻的现实中：“不一定是新事物；也许不论对谁而言都不是新事物。”我猜他准备在这个话题上添油加醋，可是不一会儿他竟然也干脆地说：“是的，没有任何新事物。”我应该好好消化这句话。就是因为这句话，我后来对他说：“此刻我正坐在床边，我可能马上就要站起来，天快亮了。”——“天很暗，对吧？”——“天不是很暗，是光线很暗。”——“您现在不想躺下吗？”——“对，我想我要躺下了，这是一张大床，很乱。您希望我按照我看到的样子给您描述事物吗？”——“对，是的，按照我们可以看见的样子，按照我们将要看见的样子。”不过我没有躺下。我好像忘记了怎样才能躺下，但是如果躺下的话，我应该就会更接近于这个共识，在这个共识中，他吸引着我，不顾我的体力或者通过忽视我的体力来让我分心，摧毁我的体力。如果我躺下了,会发生什么?至少我可以想象一下:没有什么比这个已被发现的广阔区域更吸引人的了,在这个广阔的区域里,我本人不会接受他,休息的我不仅是在清醒的我身边的一个熟睡的同伴。为什么不躺下试试?我幻想了一下这种情况。在我幻想时,我的手像是被空间的宁静所吸引,在这个空间里,一切都是静止不动的,没有固定的东西也没有移动的东西,只有一种平滑的静止,我转向这种平滑的静止侧身躺下,不扰乱也不限制这片区域。确实,我只是处于即将做出这个姿势的临界点上,我意识到它在比我更远一点的地方,像是一丝涟漪,但意想不到的是,我感到它有一股顽强甚至巨大的阻力。那好像是空间里唯一的一道波纹,我几乎可以看到它,它就在那儿,像是一个不和谐的、反常的存在,这应该让我提起警惕的,但我已经无所顾忌了,我轻轻地、惬意地转身仰卧,对空间、对他那无所谓和不注意的态度感到很放心。就这样,最后一个动作轻松地完成了,这个动作表达了我的喜悦,但几乎不能体现出强大的虚空困住了我、包围了我、约束了我、将我推向无尽的深渊,于是我坠入了与我身体大小完全吻合的缺口,是我不可能坠入的身体,此刻我和我的身体相互碰撞，仿佛撞到一个将我抛回我所在之地的、冰冷的、陌生的存在。我告诉自己，这就是开始，事情就从这里开始。是的，这就是我的幻想，而我怀疑他想让我发现的是：如果说我现在不可以躺下的话，那是因为我已经在这个地方躺下了，然而我又已经不在这个地方了，不过有个人在这儿。这个瞬间想要我怎么样呢？它抽离了我所有的体力，把我留在这儿，既不是站着，也不是躺着，没有权利也没有休息，无所事事却又无休止地忙于无所事事，不是一无所知而是知道得太多，不是静止不动而是处于一种永恒躁动的边缘。它要我怎么样？坠落是无止境的，因此这种坠落没有留下任何事给我做，我不能停止坠落，我没有办法停止坠落，我甚至都不在坠落，我只是坐在床边，而与此同时，一阵略带嘲讽的低语声渐渐消失在远方："您写作吗，您此刻在写作吗？"

我不能说我摆脱了这样的幻想。确实，在这个夜晚——我称之为夜晚，但其实正值阳光明媚的夏日——我还与某种努力联系在一起，与一种看起来是生活的生活联系在一起。有时候我会想：这也许只是开始。有时候我又觉得，尽管什么也没发生，我还是距离自己希望斗争的地方更近了。就在这儿,在那边,在我听到他说话的地方,而对我说话的是斗争。在这里发生了决定性的斗争,一切都准备好要下决定,话语本身准备好了,甚至已经被说出来了,决定不仅准备好了,而且已经落定,所以一切都结束了?是的,一切都结束了;那么决定了什么呢?这件事本身或许就没有结束,因此我依然能听到斗争,我离下决定的地方越来越近,我想:或许这还只是开始,永远只是开始。

我不考虑未来,我不给自己未来,甚至连现在也没有。现在不断地缩小,他被虚空的喜悦渗透,这种喜悦只是任何现在的无尽而虚空的缺席,他不存在于过去,他身上没有发生过任何事,没有任何事结束过,如果说他变得如此沉重,沉重到我难以承受的话,那是因为我必须将这轻松的重负、这令人喜悦的包袱保持在幻想的日光之中,连我自己也被这白天隐藏了。就是在这样的日光里,我必须确定他到底有没有劝我写作。他没有强迫我写作,甚至连建议也没有。然而,他使我脑海中产生了这样一个想法:如果说我们是联系在一起的话,那么是通过写作联系起来的。这意味着,主宰这个联系的真实性的人,是我;要使这个联系成为现实，我就必须写作，并不是一劳永逸，而是每时每刻，或者也可能只写一次，这不一定，只不过为了这一次我会拥有每时每刻，这一次会耗尽所有真实的时间。这个想法很诱人，或许虚空得像一场梦，又像一切虚空之物那样使人压抑、反感，然而它越是不需要被实现，甚至不幻想被实现，我就越是能轻松地沉浸在这个想法中。

如果他只用这个想法引诱我的话，我很容易就能抵挡得住，它会自己在使我产生这个想法的空间中衰弱、瓦解。不，他没有劝我写作，他没有要求我写作，但他努力说服我，除了写作，我没有做任何事。那么，怎样能够摆脱这样一种感受呢？我对此毫无防备，这种感受中有种超越了安静随和的幻想的不可避免的成分，它不需要证实，它不能被任何事物打败，它与表面的真实相冲突，就像与自己冲突一样，而这个表面的真实告诉我，我正坐在床边，或者不是坐着，可能是躺着，又或者也不是躺着，而是在游荡，除了游荡什么也做不了。我无法反对这种感受，因为它不给我任何在它周围移动的余地，它占据了整个空间，它关系到对整个空间的肯定，它当然肯定，而我不能有打破这个圆的念头，因为我属于这个圆，而且实际上我可能并没有在写作，因为我做不到，我几乎不再是我自己了，然而这就是写作：在我所达到的程度上，没有其他任何事物可以表达，唯有虚空、静止，我不能也不想有其他任何事物。

使形势更加可怕的是，不管怎样，它永远在要求，可能不是要求我，或者说它所要求的是：不考虑我。它不考虑我的精力有多少，我的精力可能很薄弱，也可能相对而言还有很多，但无论如何显然是不够的。然而，我被要求做某件事，这不是一项义务，也不是一个命令，这件事不是被要求做的，它应该通过"我已经做到了"这个事实而得以完成，而做到意味着：走得更远，离这边更远，绝不是另外一边。

我不得不说（因为我在这里就是为了说这句话）：这是一场可怕的考验。这场考验没有尽头，没日没夜，不关心事件也不关心欲望；它排斥可能的事；它只接受不可能的事；它向一无所有的人提出要求；回应它要求的人并不知道自己回应了它的要求，因此也就没有回应。我以前很可能不假思索地听从了它的使唤，可是有谁会不听从呢？没有被使唤的人？但是对于使唤，听从不能证明任何事，使唤一直都在，它不需要有人回应，它从没有真正存在过，这就是它不可能被回应的原因。然而不作回应的人比任何人都更加局限于自己的回应中。

我是什么时候冒这个险的？也许是在睡觉的时候，也许是在某个夜晚，因为一个欠考虑的举动，因为我倾尽一切的一句话，时间的坚定被动摇，促使我过渡到了缺少时间的犹豫不决，在这种状态中，终点总是遥遥无期。但是，如果这是一种疏忽的话，为什么我没有疏忽呢？我可以没有疏忽地活着吗？我有没有感到过遗憾？如果我可以自由选择不冒这个险，那么我是不是永远都不会去冒这个险？那么现在，这个危险是不是又重新开始了？但它并没有重新开始，这是一个完全不同的时刻，没有先例，没有与过去的联系，不考虑将来，然而它又重新开始了，和原来一样，是虚空的重复，是无穷无尽的痛苦，总是反复经过同样的地点，总是被说出来，不管什么时候，并且永远由我说出来。

他没有逼迫我，他不是我的敌人，没有与我作对，因此我无法通过斗争来保护自己，斗争甚至没有被推迟，他本身就代表着斗争的不断推迟。而从某种意义上说，我对此是很乐意的，因为，在我所在的地方，审慎迫使我有所保留，而他的心照不宣对此很赞同，以至于我不仅让自己离开了自己，而且整个人就是这无穷无尽的离开。当他试图让我相信我没有做其他任何事情时，除了让步我没有通过其他任何方式反对这个举动，我的让步就是，我听任他摆布，我让他知道，在那里，似乎曾使我们面对面的那个瞬间再次出现了，我惦记的就是这个瞬间，而我可以确定，就是他激发了我坦率而坚定的心情之后，又将我带到了这个不再有坚定的地方。这是从何时开始的，让我又想起那句话（勉强算得上是一句话吧，至少它给其他话留下了自由空间）："我写作吗？"他似乎在诱导我把这句话补充完整，延续下去，于是在某个时刻，我补充说："是的，以前写过；可能写过吧，以前。"一句毫无价值、错到极致的话，其中"可能写过吧"试图淡化以前，而以前已经包含了"可能"的不确定性，这无疑说明了我的那句"是的"是多么没有说服力，而"以前？"相对于这句"是的"而言，又是多么脆弱的辩护。他还没重复那句"以前"时，我就已经发觉了这一点，而当他重复的时候，他的中立语气使我的感觉更加强烈，这种中立的语气不需要阐明，不添油加醋，只是说出词语所表达的，这种无修饰的方式令这种语气显得更加可疑、迷惑人、不可靠、不坦诚，它并不令人怀疑，而是只有一种形式，那就是自身的怀疑，它完全被这种怀疑的阴霾渗透、构成，只能看得到我维持此刻的欲望。过了一会儿，他问道："那么您写作吗？"我看出了他的坚持，而且我想重申曾经向他承认过的事，于是我这样回答："可能不是我，而是另外一个人，一个只是离我很近的人。"他马上接受了这个观点："那么，他写了什么？"

我听了这句话。他是对谁说的？关于谁？谁在说？谁在听？谁可以回答这个如此遥远的句子？它从如此遥远的地方传来，甚至没有传来，为什么他要无视我？为什么我可以感受到他的无视？为什么能听出他的无视？是一句话？但又不是一句话，勉强算得上是一句低语，一个微微的颤动，连沉默都算不上，连无尽的虚空都算不上：是充实的虚空，是无法使之沉默的东西，它占据了整个空间，完全不间断、不停歇，是一个微微的颤动，称得上是一句低语，不，不是低语，而是一句话，但也不是一句普通的话，而是与众不同的、准确的话：我可以听到的话。我使出全身力气回答他："他以前没有写作，我们不该谈论他。"但他好像只听到了开头似的，又好像我的话本身取消了不能谈论的禁忌似的，他问："那么现在，他写作吗？"紧接着又略带讽刺地说："您写作吗，您此刻在写作吗？"

所以会发生什么呢？我确实想过回避，想要卸下重负托付给他人吗？更确切地说是不让自己看到那个陌生人，不去打扰他，抹掉他的足迹，从而使他所完成的事能够分毫不差地完成，从而使这件事不是为了始终处于事件边缘、事件之外的我而完成，它的发生应该像电闪雷鸣般爆发、轰响、神圣，而我能做的只有无限地接近，抓住其中的不确定，维持这种不确定，坚持住绝不退让。是在以前吗，在我生活和工作的地方，那个像哨所的小房间里，在那里，已经消失的我却远没有感到从自身解脱，反而觉得有义务保护这种消失的状态，维持这个状态，从而使之延续下去，永远延续下去？不就是在那儿，在不属于任何人的极度悲伤中，我被赋予了以第三人称谈论自己的权利？我难道不应该保守关于"他"的秘密吗，就连对我的同伴也要保密，就算我并不知道自己有没有这个力气，不知道这个秘密是否意味着缺少力气，意味着退缩和瞬间的虚空？我一直把注意力放在他身上吧？我并不是说我想到了他：他经不住思考,他身上没有任何可以被思考的东西,但我想必是希望说服自己,我的使命就是保护他远离那个没有名字的人,把后者留在我身边并且只将我自己交付给他。这个想法让我欣慰,因为它指派给我一个角色并且让我有了一定的重要性,但我有足够的理由拒绝这个想法,原因就是,我根本不认识他,要怎么保护他呢,而除了我,还有谁可以保护他?而且我知道,想到他、想要保护他只是为了揭露他而采取的掩护手段,我还知道:一旦被暴露,他就再也不能是其他的什么——只能是我。

此时此刻我发觉:很久以来,我的同伴一直试图找到他,试图在我身上看到他。我故意不让他暴露,但是我变得太脆弱了,几乎谁也不是了,看见我就已经等于看见他,而对我说话,再也不是谈论我了。所以会发生什么呢?为什么想要阻止他?

我想我必须写作。我觉得我们之间说过的所有话都将我紧紧包围,对于这些话语的压力,我抵挡不了太久,或许我其实在很久很久以前就已经抵挡不住了。我觉得如果我写作的话,写作的就会是我:我会与我的同伴联系在一起,于是他会只和我靠近,而且不该被知道的东西依然会得到保护。因此，由他的暗示打开的空间将会再次关闭。在这裂缝中有一种我无法完全了解的危险，这个危险不单是致命的，甚至应该说它抑制了死亡，这可能是死亡，不过是被抑制的死亡。而且，这格外诱人不是吗？他的话变得更坚决、更真实了，冷漠且真实，不是吗？从这道裂缝中传出了一阵呼啸声，让人想到远方的风，想到自然清新的空气不是吗，我可能只感到了疲惫，与其说是风的力量不如说是一个回忆，但是如果裂缝越来越大的话，或许是强大的空气本身使我震撼、将我吸引，或许是在那里，如果我固定在那里，并没有听到他拨乱我虚空的内心深处，而是发现了广阔深远，并且不是我毫不在乎的无限，而是我与尽头联结的唯一时刻，我使出了很大的力气使尽头成真，使它不被真实排除在外，使真实在这尽头大放光彩。

这个感受十分强烈和迫切，使我回到了很久以前的那个时刻，那时恰逢秋天风暴来袭，我还能听到风撼动房子的声音，这个感受还使我思考：如果我最终真的写作的话，是否不需要风的帮助，为什么这么长时间以来我都逃避它的帮助，一直处在风暴暂时平息的间歇中，以至于我恐怕连通风窗钻进来的一丝呼啸声都无力承受，不过我并不会感到意外，而当入冬时分的龙卷风袭来时，如果风像是被比它更强大的一股力量推向了远方，那么我想我是认得这股力量的，它就是夏日回忆的强大力量。

总之，我无法确定我回答他的具体时间，如果我成功地回答了他："是的，此刻，就在此刻。"我发现在他那句话中，只有这两个字值得重视，我是抱着某种认同的态度发现这一点的，以至于这句令我如此恐慌的话焕然一新，而他的形象也更加坦诚了。从这样一个新的角度来看，这是一句几乎没有恶意的低语，比血液的声音或心脏的跳动更折磨人一些，但它欢快地在屋里流动，无休无止。我再也听不到这句话了，我想它是去了另外一个地方，被它自身的欢快与轻淡唤到了别处，这种轻淡使它成了一个问句。有时我在想——此时某种焦虑感会再次袭来——这种随性的表象，这种永不停歇、漫无目的的游荡，是不是掩饰了一种追寻，一种隐秘的追逐，一种不屈不挠的追求，尽管我不相信，但当我感到他的那句话接近了某个我可以确定的地方，比如楼梯，或者当它突然加速冲向小房间时——在我印象中我和我的同伴回来过一次，我还是觉得有种难以抑制的恐慌。可怕的轻率。但我必须说，我对他以及他的忠诚抱有相当大的信心，所以我相信他不会独自行动，尽管他能从预先没有安排的路找到我，并且，他的某些话一旦说出，我就无法将其与我的话区分开，当我看出这些话煞费苦心却白费工夫、毫无价值时，我就会抱有相当大的怀疑，而这份怀疑敌不过快乐的冲动，但是多数情况下这些话却对我有重大的影响，说它重大是因为话语本身的笨重、呆板以及由于轻率导致的不依不饶，这种不依不饶使得这些话无意义、不真实又没完没了。这些话使这栋房子里维持着某种我不愿脱离的生活——这也是它们的危险所在——，把我留在这个我本不该停留的地方，而我有时会想，因为这些话我可能在某些时候停留在不同的房间，那么在这些房间里，我是不是过着更生动、更无忧无虑、更脚踏实地的生活呢。要想听到这些话以欢快的、不间断的方式诉说，我只需针对自己做些努力，暂时忘记真实，让自己相信——我是在和一些比此刻的自己真实得多的生命对话，至少是比我更有活力的生命，是的，生命，在这里，我离开这里只是因为我不在这里，或者我是在这里的，每当我远离自己的时候，“我们是孤单的”这句用来反驳我的话中的孤独就会将这里包围。

此时，我想要安抚这些话语，暂时阻止它们在屋子里躁动地飞来飞去，让它们摆脱俗世的躁动从而使它们也回到自身，因此，我必须思考我是不是不应该写作——现在。这种不安似乎能够使话语遭遇生动的嘴巴，而这张嘴巴能够使话语有说出口的幸福，我想我只有在写作时才能平息这种不安之感，才能平息在话语的要求下度过日日夜夜的想象。我不太明白写作这个使命对我有何要求，因为我可能很容易就想使瞬间平静，让瞬间摆脱使其产生的悲伤，然而如果我想把话语带回它们诞生的地方从而抵达这个瞬间的话，我自己可能也需要进入另一个时间，不是抵达表象或印象，而是一个至高无上的瞬间，我必须坚定地走向这个瞬间，并且只有动用所有的力量与激情去渴望这个瞬间才能得到它。

于是我更加明白了为什么这就是写作：我明白了，我是想说这个词变得彻底不同了，它比我想象中苛求更多。当然，它需要的并不是我的力量，更不是我，而是我无能为力的“此刻”——于是我认为写作应该就是使自己接近此刻，写作可能不会让我控制他，但是，它会通过一个我不了解的举动，将此刻赋予我，很长一段时间以来我都接近此刻却从未抵达此刻——远离此处却仍在此处。我深刻意识到自己即将面临什么样的风险:这并不是让话语再次越过它们曾经跨越的边界的风险,相反地,是使它们越来越混乱,折磨它们,使它们因为虚空和无节制的欲望而发疯的风险,以至于在某个时刻,话语穿过了我,继续疯狂地追求,再次将我引向一个危险的、向幻想世界打开的空间,然而我们到不了这个世界,因为尽管只要进行足够激烈和巧妙的进攻就能通往这个世界,但这对我而言并没有什么吸引力,这种欲望只是风险的一部分,风险是中轴,围绕着这个中轴,原本是威胁的东西立刻转变成了希望,而我呢,我围绕着自己旋转,听从这里的每个呼唤,我只能在这里游荡。

听到这些话并不一定等于我理解了我和它们之间危险而奇怪的关系。我听到这些话了吗?准确地说我并没有,而这些深藏不露的话语也始终没有被理解。但是它们被表达出来并不需要被理解,它们不说话,它们不是内在的,它们没有私密性,而是完全外在的,它们的含义使我进入了所有话语的外在,这里显然比内心深处的话更加私密、更加内在,但是,在这里,外在是虚空的,秘密并不深入，被重复的东西就是虚空的重复，不说话但总是已经被说出。我不能将这些话比作回声，或者，在这个地方，回声提前响起了：它具有预见性，在时间的空缺中。

我想就是因为这些话语太缺乏私密性，所以在它们来回游荡的过程中，我感到万分的不幸，并且体会到我所经历过的最大的悲伤，而这悲伤立刻就转化为无尽的快乐，于是他问我："您为什么笑？"我只好回答说："因为我不孤单"，这句话也在屋子里迅速蔓延。我必须帮助这些话语摆脱缺乏私密性的状态，或许这也属于写作计划的一部分，我可能以前就有过这种想法，为此我可能还白白牺牲了称呼别人并且称他为你的权利。但这只是以前的想法，我不能奢望给予这些话语我没有的东西，我甚至根本不想这么做，它们常常让我格外开心（这就是危险的另一个方面）：它们用这种忙于无所事事的状态诱惑我，这种折磨就是一个笑，在这种存在状态下，我对它们而言从来不是我，它们对我而言也从来不是你，这种状态无疑是很可怕的，因为在这些话语中我不能与任何事物打交道，这虽然可怕但又很诱人，是一个完全不需要解开的谜，谜底本身就是这个谜，它不能毁灭我，但能使我与他那贪婪的欲望联系在一起。

如果我严肃认真地问自己，那么我必须承认，就算不是所有的话，至少其中最出彩、最吸引人并且使我差点脱离自身的那些话(从某个方面来看，每句话都始终是最出彩的)只会逃避或反对“此刻”，也就是我必须写作的“此刻”。这些话越是偶尔给我不利的感觉，我就越是会担忧地承认这一点。“偶尔”是指在某些时间段，我称之为夜间，以便和其他看起来更简单的时间段相区分，我觉得话语本身就属于夜间，话语正是在这些时刻将我紧紧包围，仿佛是在我身边做的梦，而我只是它们梦中的一个形象，我感受到它们强大的阴谋，还感觉到它们也深深体会到我的梦的力量，我十分想参与到这个梦里，进入这个梦的范围，这种欲望十分强烈，以至于欲望本身就是黑夜，它创造了我们重逢、相聚的黑夜，但我们的重逢是因为我们都无知，我们同样地无知，因此，就算我听到这些话，我也并不理解，而当我说话的时候，什么也没有被说出来，尽管一切都会从这些话中永远地被说出来。这些话可能会对我提出的要求或许和写作这个想法毫无关系，确切地说是它们想要深入我的内心，好像是为了使我能够阅读自己，就像读自己的墓志铭那样，此外，在夜晚的这些时刻，我曾有过能够像这样阅读自己的感觉，以危险的方式阅读，远远超出自身之外，直到一个我不再存在的地方，但是有另一个人在那里。

有很长时间，我想归属于这些深奥的话语，但这些虚空的、毫无联系的话也想归属于我。我无法向它们提问，而它们也无法回答我。它们只是一直待在我身边，就像我待在它们身边一样。这就是我们的对话。它们保持静止，像被安置在这些房间中一样；夜晚，它们是夜的伪装；白天，它们同白日一样透亮。无论我去哪里，它们都在。

它们想怎么样？我们并不熟悉彼此，我们并不相识。深奥虚空的话语啊，是谁呼唤了你们？为什么我要关注你们？我不应该关心你们，你们也不应该关心我，我应该走得更远，我不会将你们与希望或是与一气呵成的人生联系在一起。

它们压迫着我，这我并不知道，但我可以感觉到。我在它们的静止中发现了一种迹象，即便当它们看似在游荡时，即便当我离开它们时，这个迹象仍会使它们紧紧围在我身边，把我包围在一个圆里，不管我愿不愿意，我就是这个圆的中心。而这个圆时大时小，不过对我而言距离是不变的，而且这个圆从来不会中断，等待从来不会中止，如果这个等待更真实些的话，那么可以说我就是等待的俘虏，不过由于这个等待始终是安静的、不确定的，我只是被等待的不确定性俘虏了。

我是话语所追寻的目标吗？我不这么认为。不过有的时候，它们会用一种十分保守的力量、十分谨慎的沉默关注我，谨慎到这种沉默把我指定给了我自己；因此我必须坚定不移，必须和自己拒绝相信的态度作斗争，而我越是抗争(通常都会成功)，就越觉得使我成功的力量完全来源于话语，归功于它们的周围以及它们一如既往的心不在焉。

我不是它们的目标，那它们为何还在这儿？为什么它们就算不走向我，也要转向我？为什么我必须看向它们却又不将它们与他联系在一起，而是将我的同伴排除在外，仿佛在某种程度上话语拥有自由的生命呢？我看向它们的目光或许和“写作”这个词有关，然而这两者的联系似乎是最能使我转移目光的东西。我可以思考这些问题，我可以试图搞明白从何时开始，它们吸引了我的目光，使我转向它们，直到我可以穿过它们透明的存在看到一切，直到我被固定在它们不变的存在中。这是什么时候发生的？这个问题毫无意义，这件事一直在发生；但是，我没有发觉这揭露了我的盲目，我在话语中没有看到障碍，我看不到它们，然而此刻我正看着它们：它们像是突然从坟墓中出现一般。

我没有恳求它们，我不能控制它们，而且它们与我无关。我们始终肩并肩，这是事实，但我并不认识它们；我在它们旁边生活，并且我或许应该因它们而活，或许是因为它们我才会继续做我自己，但我好像又与这种接近是分离的，正因为分离所以我们才接近，它们在此停留，它们在此经过，它们不回答任何人。

对我而言它们既不讨厌，也没有吸引力；如果它们吸引我的话，我肯定也会尽力将它们推开。但我不希望这么做，欲望无法进入这个圆，只有遗忘可以进来。我觉得遗忘在这里发挥了作用，这是一种非同寻常的遗忘，我没有忘记自己，相反地我以遗忘作为掩护，就像躲在一个假冒的自己身后，使我可以一直以一种勉强算是权威的权威自称"我"。我什么也没有忘记，正因为这点所以我从属于遗忘。

话语始终是一体的。也就是说，我只能看到它们的整体，尽管没有联系却还是整体，尽管飘忽不定却还是在我身边静止不动。我看到它们的全部，从来没有看到其中某一句，在我一视同仁的目光中从来没有看到某一句，如果我还是想集中于某一句的话，那么我看到的就是一个可怕的、不具人格的存在，是对我所听不到、看不透、不存在，却隐藏于我无知而虚空的目光中的东西作了一个可怕的肯定。但这只有当我试图孤立看待其中一个，使其中一个将整体分解、隔开时才会发生。

我不该惊动它们，也不该驯服它们。我应该保持静止，从而使它们保持静止。诚实地对待它们的存在，诚实意味着不赋予它们权威，不像服从权威一样归顺它们的存在——或许根本不考虑它们。但是，我曾经睁开眼看过它们一次，这导致我现在再也不能闭上双眼。曾经有一刻我可以看到它们的存在，而我现在所注视的就是这个我可以看到一切的时刻，并且，不管我愿不愿意，我都牢记着这个时刻，挥之不去。相对地，因为我莫名其妙地将它们慑服了，我必须处于它们的诱惑之下。这件事没有被察觉，没有惊动表象，只是一场不确定的等待。在它们身边，我就像一个待在水面太久的人，看到一个东西朝他漂来，像是溺亡者的尸体，只有一具尸体吗？可能有两个，十个，他分辨不出，这无法分辨，并且基本上可以确定这些尸体不会伤害到他，只是在他周围保持静止；如果他想：它们想怎样？他很清楚这个问题毫无意义，不切实际，比这场相遇还要不切实际；可是，久而久之，由于越来越疲惫，他不禁觉得这种静止很沉重，压迫着他，抓着他不放，于是他想：这种静止想怎么样？

凡事都有终结，悲伤却没有，它不知疲倦，不会毁灭，每时每刻我都体验着悲伤；白天不能照亮它，而夜晚是它的极致，是它鲜活的记忆。它从我身外将我围在圆里，却总是越来越存在于我体内。悲伤无穷无尽，我因此感到窒息；在无穷无尽中人只能窒息，但我的窒息是缓慢的，无穷无尽的。我一直以为自己只是这个圆的中心，而现在我已经将它全部填满了，这就是一切都静止的原因，并且我想我看到了紧靠着这种静止的话语，不过确切说是触摸到了，它们使我保持紧挨着自己的状态，就像我拼命使它们待在我之外一样。

我只剩一个念头:我不会妥协,我只能如此。

在这个念头中我很奇怪地感受到了白天,不是普通的希望,而是正确的方向,不变的信心,坚定的主张:我要从这边走,绝不从另外一边。

这个念头很快就模糊了,因为我突然想到:只要我愿意,我就能从它们那里增加体力。但是我不认同的就是这股力量;为什么?我现在不是很清楚了;然而,我依然清楚的是,这取决于我,一直都取决于我,直到遗忘,就算当我看着它们的时候感到:我只需对它们中的一个、只是一个说:来吧,它就会喊出自己的名字,而我立马会走出这个保护地带,即使他不待在这个保护地带,我也要代替他待在这里,我沉浸在深渊给予我的自信中,期待有某个时刻会告诉我:“现在一切都好,你不用再说话了。”

接着我又想:与其说是待在这个保护地带,难道不应该说你已经将它抛弃了吗?你只是靠近过它?也许你从来都不在外面,或者只是曾经在外面,然而现在不一样了,不是再次来到了外面,这种事不会再次发生,一切都是虚空的、死寂的。

我觉得时间之所以暗淡、消失,是因为静止还只是躁动,是从这个存在传染给我的狂热,是它们周围传递给我的力量,是这股力量使我产生的想赋予它们一个目标并通过一个意图解放它们的欲望:它们真的希望变得有生机?它们希望变得自由?这不是暂时的自由,而是根源上的自由,与此同时它们抹去根源,遗忘根源,这种遗忘比死亡还深。这是个可怕的想法,在这想法中,遗忘发挥了作用。

逃避它们?它们正与我一起逃离,我甚至都没有发现自己吸引了它们,或者,我想我看到它们继续在屋里飘荡,但继续完成生活行为的是我。有的时候,我看它们的目光似乎更亲密了,这本该令我害怕的,但我并没有。当我无拘无束地回忆曾经的生活时,尤其是在晚上,我会觉得:它们是我以往生活的一部分,它们依赖于此,如果我更努力地回想的话,它们可能经历了这段生活。所以,它们将我紧紧包围,在摇摆不定的静止中我只能成为它们的梦,成为这个夜晚的梦,梦中的它们待在我身边,正如我待在它们身边,待在这个夜晚的深处,而夜晚不停地经过白天,夜晚对我来说就是白天,此时它们都站着,站在我周围,形成虚空的、无限大的圆,这个圆依然是我,就算我已经不在那里了。这种时候,怎样才能在它们身上看到阻碍?怎样才能觉得它们介于它们的根源和我之间？我对它们还是比较信任的，我带着这种信任看待它们，不偏袒其中任何一个，不看它们一眼，没有发现它们的面孔，让它们保持原样，没有双眼的形象，悄悄隐藏又被揭发的封闭的静止。我们离得很近，以至于我好像和它们组成了一个圆，包围着一个我们都看不见的人，因为我的眼睛和它们一样也没怎么睁开。这说明我们产生了新的亲密关系，我呼吸着不一样的空气，等待不再属于它们，而是属于我的，我并不是这等待的俘虏，而是它的看守。我们站在那个人的周围。我们不知道究竟是一个人还是很多人。我们也不知道他究竟是正睡得很沉，还是正朝我们走下来，并且他自己不知情也没有看到我们。我们的任务就是维持这个圆，可是为什么？我们不知道。

对于这些时刻，我又担心了起来。这份担心以某种方式阻止着我的回归，它还阻止我找回这个圆中属于我的部分，或者，就算这个部分被找回来了，它对我而言也是陌生的，虽不是敌人，但也很疏远，仿佛我和我自己之间已经没有多少共同之处了。我是通过这个迹象发现的：尽管我和我的同伴没有疏远也没有分离，但我转向他的时候更困难了，也许是因为在我转向他的时候，我身上的某些东西离开了他，但反过来：我又必须徒劳地寻找一个得以延续和推进的谈话。以前，在我因无忧无虑而依靠事物的时候，我曾想在他的最强项上与他斗争：我在他周围树起了无声的围墙；我绝不问他问题，如果他从时间的缝隙中经过，我不会回应他。我想做什么？制服他？平等对待他？或许我的欲望更隐秘，与他有更深的联系，而我现在重获的正是这个欲望，不过它化为一种难以承受的担忧，那是"遗忘"这个词带来的焦虑感。我想，有的时候我害怕遗忘他，害怕将他丢失在遗忘中，害怕使遗忘成为他唯一可以坠入的深渊。

威胁，静止，我充满悲伤和痛苦的思绪依靠着这种静止，而使静止变成眩晕的是，我并没有觉得他离我更远，相反，他的存在太明显了，仿佛遗忘带来的不安已经将他吸引到表面上来了。我转向他那一边时更加艰难了，但我感到他从来没有这么逼近过，而且虽然我不一定要先想到我忘记了他才能想到他，但我让他待在我附近，近到可以识破任何保留，这种感觉让我疲惫不堪。一直以来，想着他都是一个借口，目的是把他固定在一个地方，而我可以暂时离开这个地方。然而现在，我一直犹豫着要不要叫他来我所在的地方，因为我害怕将他引入已经因遗忘而模糊的话语中。所以我必须回避他，保持警惕，也让他警惕，提醒他我们的关系会让他陷入危险，况且我对这个危险不是十分清楚，而且只有他可以帮我更好地了解这个危险，让我知道为什么他会冒这个险，越是如此，这个危险就越是挥之不去。我预感到，这个危险使他更近、更明显了，并且吸引着他，将他引向我这里，也就是危险出现的地方——而我怎能将他置于危险之地呢？这个想法属于威胁的一部分，与它一样神秘，一样危险，我以前还从未有过这样的想法，至少对他还没有过，我不确定自己还会不会有这个想法了，它越来越少出现，我很难保持这个想法，尽管一切似乎都被一束全新的、耀眼的光照亮了。我说他更近，其实只是他的存在更明显了，这是一种十分逼近的存在，这种存在使他靠近我，但没有使我靠近他，确切地说是把我固定在我所在的地方，使我离他更远了。如果他没有远离表象，而是开始在贴近表象的地方游荡，好像他从来不想尊重我的理性坚定地这样做，那么这很可能就是不安和软弱的表现。他一定是缺少了什么，但我没办法知道是什么，也无法补救,我能做的只有承认并监视他的靠近,努力不让一些蛛丝马迹暴露他的靠近。这不能叫监视,或者,这存在于我的记忆里,似乎看到他在我记忆里出现尤其危险。我没有监视他,但是我感到我对他的吸引力大过他对我的吸引力,我感到有一股力量已经通过我将他带到了这个世界的边缘,而我的这些感受就是"遗忘"这个词的根源,是我无法控制的混乱的来源,因为这些感受令人心神不宁,其中隐藏着难以抑制的诱惑,在这诱惑中,我始终冒着风险向自己展示自己的强大。把陌生人引向自己,并通过一个至高无上的决定约束他,这是很诱人的;当你能够支配远方的人时,待在屋里使唤他过来,在他靠近的同时继续享受屋里的宁静和随意,这也是很诱人的。但我也许已经使唤过他了,也许已经太迟了:这个预感使我所处的时间停滞了,在这停滞的时间中,我好像在徒劳地与已经发生过的事情抗争,尽管,无论如何,我还是可以确信:我不会妥协。

如果我只是发现我不但听到他说话,而且还明白了说话对他来说是多么艰难、多么难以实现的事(这个发现是在白天确定的,从此以后,白天对我而言就不复存在了),

那么我也许不会因为这个变化而受到这么大的伤害。这种感受令人震惊。有段时间,我不怀疑这个感受:它不说话,不发出声音,但它本想说话的,它拼了命地渴望说话,经过不懈努力,终于话到嘴边,结果它在话语中崩塌、毁灭、腐烂了,化作一个喘息,而我只感受到了它最后的一丝波动。如何承担这一切? 我迅速地问他:“您刚才对我说了什么吗?”他也毫不迟疑地回答我:“那您呢,您刚才没对我说话?”这番话让我隐约感觉到了预料之外的东西。不管怎样我努力不让他看出来,我不能直截了当地让他直视我的思想,于是我只是轻描淡写地坦白:“这段时间我一直觉得,我们之间说了太多话。”——“我们之间?”他似乎深入到了这个问题中,但是我很清楚这段宛如鸿沟的间距对我而言已经没有深度了。突然,他十分激动地说:“是的,必须不停地、不断地说话。”——“您希望这样吗?”——“必须如此! 现在,就现在!”他的语气十分尖锐和粗暴,让我不知所措,于是我也几乎嘶吼着说:“别这样说话,现在!”话音刚落,我的周围就传来一个短促的摔倒声,声音沉闷而没有深度。“发生了什么?”我低声说。他的好奇心立刻被激发了:“是啊,发生了什么?”——“像是摔倒声,好像有人在我脚边跌倒了，就在我刚跟您说完话的那一刻。”——“您刚才说话了吗？”——“我刚才跟您说……”但我没有继续这句话，更何况引起这句话的事件此时再次发生了：不过不完全相同，这次更近了，似乎能够跨越限制，在一番努力过后，宁静的氛围升起了，我感觉到这番努力的剧烈搏动，这是一声呐喊，疯狂的呐喊，在这呐喊中一切都被粉碎，这不仅仅是一声呐喊，而是话语，但它已经崩塌，呐喊没有得以释放，我也没有得以释放。

幸好这个事件是在夜晚降临前不久发生的。只有黑夜能够抑制和阻止它被撕裂。我想，只要我对他说话，就算我的话再不起眼，他也会从中找到安慰，让自己能够发自肺腑地回答我，这个想法我考虑了很久。确实，似乎只有当他试图在我不知情的情况下或者在我给他铺路之前走向我的时候，反常的情况才会发生。对此我也不太确定，因为这样的情况还是太少了，并且至少有一种情况、至少最后一种情况似乎是一个例外。然而我无法不去想我的发现，在我看来这是个惊人的发现，就像他的主动权总是让我惊讶一样，他很少使用主动权，而且几乎都是以平淡的方式，但是，尽管如此，我依然对此有非同一般的记忆：每次我都感到惊讶、感到震撼——感到害怕？些许害怕，我好像突然明白了，他没有继续被紧扣在话语的链条上——这根链条很长，长到他可以看起来自由地走遍每个空间——，而是不断地砸碎链条，甚至，链条根本就不存在，他只是偶尔会恰好出现在我所在的地方，而不会出现在其他任何地方。当我对他说话时，我感觉到了链条的重量，这让我疲惫但又很安心，链条只是虚构的，但它的重量实实在在。当他从计划之外的路出现时，似乎一切都有可能突然发生，曾经通过数日的努力和奋斗得来的一切似乎荡然无存了，只因为要让位于他：我没有感觉到真正的自由，我感觉到的是另一种我不了解的东西，一个算不上可能的可能，一种战胜欺骗的朴实，但什么也没有发生；这是一个开始，甚至连开始都不算，可能微乎其微；如果要回忆起来，我称之为主动性的东西像是一句多余的话，超出了范围，但在排除剩下的一切之后，确立了自己的地位，加强了欺骗性。也许归根结底，没有什么事比这更令人失望了。接下来只需弄明白，为什么在这失望之中我没有失望，为什么在这个我应该像考虑一个丧失的可能那样考虑他的时刻，我感到放弃他是如此艰难，感到永远不再让他突然到来是如此令人恐慌(为此我要一直为他铺路,先于他的主动,走在他之前,不断地对他说话、不留空白、永不切断链条,从而使他不至于迷失自己)。我不想推卸这份责任,但为什么有这个任务?在这宁静的夜晚,为什么这个任务最终显得异常艰巨但又十分神奇,甚至在我即将崩溃的时刻给予我充沛的体力,给予我不顾一切的冲劲?当我意识到这个任务在我不知不觉中出乎意料地把我重新引向“写作”这个词时,我明白了为什么。在夜晚的圆里,这个词像光芒四射的直觉一样突然升起,仿佛是第一次出现,伴随着朝气蓬勃、不可磨灭的梦以及严肃重大的任务,我也许没有力气承担这个任务,但这个任务支撑着我,只要我给它一个支点。我不打算找回这么久以来推动这个词的种种因素:此刻,一切都趋向于它,一切都为了使它耀眼夺目而燃烧着,在它的光芒中,最后一天的极度兴奋已经升起并落下。

当必须起床的意识使我起床时,首先让我感到惊讶的竟是日光的暗淡,这让我再次感觉到我的同伴该有多么接近表象,而表象是如此微薄。是的,这就是我最先看到的,异常微薄、纤细的日光,浮于表面的光。这的确是一个晴朗的白天，但它已经被消磨得十分薄弱了。此刻，我站在桌子旁边。我独自一人，这是一种不一样的孤独。我想："我必须忘记昨晚之前发生的一切。我有一个任务要完成，我也有完成这个任务的力量，这两者是完全吻合的，就像刀口和切开这刀口的刀片一样吻合。我的力量很可能是分散的，散布在我的整个人生中，而任务却集中于某一刻，它在那个时刻等待着，不过它很有耐心；我不可能搞砸这个任务；不论有我还是没有我，这个任务都会完成。"我强烈地感觉到我所谓的任务其实惊人地简单，而且老实说，它已经完全实现，已经完成，就在我眼前，而我只需意识到这个事实，使它在我眼里更加明显。但是要做到这一点，我需要让自己放松片刻，而我无法放松，因为有一个念头使我全身僵硬，那就是我和同伴之间的关系彻底丧失了单纯性。直到此时我从来没有监视过他。他也从来没有让我觉得他在监视我。或许我一直都关注着他，但是在这关注的过程中，我是自由的，甚至是过于自由的。我不监视他，不等待他，我对他说话，对他说话需要我付出极大的努力，但是这份努力似乎是我不在场的时候完成的，然而那时我是如此集中，以至于我不可能想要立马获得任何东西。但此时，我发现有这样一个想法：我们被遗忘分离了，在遗忘之中，他可能会陷入危险，我的义务就是不让他走出来，用手将他推开，以前我只需轻轻一推就能让他保持距离，而如今，我必须全神贯注，用尽全力，耗尽一生，才能将完整的一天保持在一个点上。这让我很恼火。我本应平静地看待事物。当然，在这些事物中存在着比我想象中还要多的资源。我对自己说："所以你要有耐心；独处一会儿；抛下一切，甚至抛下这个夜晚。"但这些话只会让我情绪激动，让我有种需要填补的空虚感，而这些真实的话是我所缺少的、用来填补空虚感的话，我感到自己想要回到那个接近这些话的夜晚，在对这个夜晚的期待中，我只看到光如梦一般轻，它似乎不再那么清楚分明，我什么也看不出，尽管它并没有消失。奇怪的是，在我所处的这个角落，在这张桌子旁，我并没有写作——我不能把这叫作，写作——，但是我一刻也没有丧失过本性，一刻也没有怀疑过，至少在那里他还是他，并且像他对我承诺过的那样，在这里会有那么一瞬间，"他会为我做任何事"。我不断地想起这句话，我这样问他的时候就是在提起这段回忆："您现在不想帮我了吗？"我怀着一种信赖与期待的心情等待着他的回答，他应该感觉到了我的信赖与期待，大概过了很久，当他终于低声地回答时，我也感觉到了他的信赖与期待："我不能帮助您。您知道的，我什么也做不了。"

我像是被这句话赶出了我所在的地方；我应该是去了另一个地方，另一个房间，很可能是厨房，在这里，曾有那么一刻我再次见到了宁静的夏日之光，我怀着突如其来的喜悦望着它，但这并没有持续多久，因为我感觉到时间紧迫。我朝着客厅走去，那里光线昏暗，让我犹豫不前，我听到他问道："您刚才做了什么？"言语中略带一丝担忧。"我就喝了一杯水。"——"您身体不舒服吗？"——"刚才很累，但现在已经好些了。"——"是啊，是要经历这样一段时间。您不想休息吗？"说实话，我想再走一会儿。我觉得有点眩晕，我感到异常孤独的恐惧："我们完完全全是孤单的。"——"是的，我们是孤单的。"我向前走着，迈了几步。习惯了昏暗之后，我认出了客厅里熟悉的空间，静静敞开的大玻璃窗，不远处的桌子，以及几乎是紧挨着的，裸露在外的、凌乱的床。"此刻，我想我最好躺下。"——"是的，确实如此。"紧接着他又问："您个子挺高的，对吧？"我不清楚这句话因何而起，也不知道为何它再次让我感到很自然，我们之间的关系一直给我这样的感觉。我没想明白这些问题，是因为我仿佛是在宁静单纯的过去听到他说这句话的，然而当我回答“还算高吧”而接着他又说“您不能描述一下您是什么样子的吗?”之后，我产生了一种强烈的感受——可能让我重新回到了他真实的内心，回到了我害怕被排除在他真实内心之外的那个时候——以至于我只想这样回答他：“可以，这很简单。”说这话的同时我其实在想，在桌子另一边的墙上有一面镜子，我没打算照镜子，但关于这面镜子的回忆帮了我，于是我对他说：“我想我看起来挺年轻的。”——“年轻? 为什么?”我想了想说：“因为瘦。”这句话没有引起他的注意，他似乎专注于让“年轻”这个词以一种使他困扰的方式深深地进入他的内心，他不断重复这个词，仿佛是想从此抓着它不放，由于我知道他自己是不会再放过这个词了，所以为了转移他的注意力，我赶紧找到另一个理由：“还因为我容光焕发”，这句话确实深深地吸引了他，于是他马上产生了这样的疑问：“难道没有一点暗淡吗?”我坚持说：“没有，或许我的脸上毫无装点，线条太过粗糙，但眼神是明亮的，甚至明亮地让人惊讶，这是一种冷静的明亮，会突然间闪现光彩，但大部分时候是非常平静的。”——“您是如何知道这些的?”——“我想是别人告诉我的。”他继续占上风:“谁告诉您的?”——“人们。”——“啊对,人们,人们。”这个词似乎在他心里激起了不好的涟漪,但他没有就此罢休,又接着说:“出奇的平静?”——“也许有时不。”——“也许太过平静了!”他的语气使我再次产生了担忧,我害怕他永远抓住这个词不放,不过他突然愉快地结束了对话:“好吧,我明白了,我明白了。”就好像在他眼前,真的出现了一个类似我的肖像的东西。

尽管他的语气很愉悦,我还是觉得,如此不完整的一幅肖像不可能让他满足。我本想描绘得更有表现力,更贴近真实,由于我的过失,他还没有真正地深入了解这个真实。尤其是,我本想重提一个对我来说最重要的特征,告诉他这张脸通常是很快乐的,这种快乐一直渗透到那些最暗淡的时刻,即便是在这些时刻也能看到脸上呈现出喜悦的光芒,也许这光芒很遥远,远到几乎消失了,但它却愈加能被感觉到。我对他说:“您知道吗,这张脸上浮现着微笑。”他立刻变得格外高兴,欣喜若狂地问:“在哪儿? 在眼睛里?”——“眼睛里也有吧,我想。”——“就算在您睡觉时也有?"我想了想:是的,睡觉时也有。当我努力想象他会如何设想这个微笑时,他突然抱着一贯贪婪的好奇心,莫名其妙地说:"人们喜欢这笑容,是吧?"——"是的,应该是吧,他们喜欢。"我差点就问他:"那您喜欢吗?"但我没有这么做,我还没来得及下定决心,因为他又说:"我明白了,我明白了",于是我觉得,这一次他真的掌握这张脸的模样了,至少他即将把它带到不被我吸引的地带,而我也努力朝着这附近前进,我也抵抗着他的吸引。我可能想了很久我所谓的他的范围,以及我们之间联系的突然减弱,然而这种减弱在我看来不是什么新鲜事,好像我现在只是意识到,我们的关系从来没有真正改变过。接着我又想到,就算我们的关系没有变化,这也并不能说明他没有变;我想我本该问他这个问题:"您有一点变化不是吗?"我已经听到他的回答了:"您也是啊,您也变了!"我并没有因此对他说:"您的意思是您并非始终如一?"这个想法更像一丝颤动而不是一句话,然而尽管这个想法可怕得难以直视,我还是对它全神贯注,我任凭自己陷入这个想法中,直到无法自拔的地步,即便我必须听到无形又无边的东西在呐喊,这是种邪恶的东西,是无尽深渊的淤泥,是无节制的生命力，它既不想认出我也不想被认出。我之所以可以抵达它的深处，恐怕是因为这还只是想法的反映。总之，在这方面我并不排斥，直到某一刻，因为一直处于激烈的沉思中，我发现我的眼睛是睁开的，正看着我第一眼没有看到的东西，是一个点，又不是一个点，是一种绽放，是整个空间的一个微笑，它表达了、占据了整个空间，在这笑容里我看到的恰恰就是我之前想向他描述的东西，一个随意的微笑，没有束缚，没有脸孔，在这种没有束缚和脸孔的基础上它轻柔地散发着光芒，照亮他，赋予他一个外表，一个名字，一个安静的名字。我望着他，没有惊讶，没有打扰他，也没有被他打扰，仿佛在这寂静中渐渐渗透了这样一个真相：此刻，那张脸来到了范围之内，以它被描述的样子被接纳，微笑此刻属于远方，我确实将这个微笑赠予了他，在这馈赠中他找到了食粮和暂时抗拒遗忘的保障，结果就是，我意识到从某种意义上说，这个微笑，这张脸，现在我都失去了。

这持续了多久，我想象不到，这不是想象中的时间，也不是事物发生的时间。在第一次接触之后，我看他时更加谨慎了；我应该是害怕在我过于专注地凝视他时，会丧失或破坏我几乎不能通过任何标记捕捉到的东西。但是截然相反，我觉得我的视野几乎不取决于我的视线，它脱离了我的视线却又不让其觉得陌生。它不是面向我的，它可能来源于我，我依然记得它，不过只是作为一个生动而无足轻重的细节：现在，这是一个不属于任何人的平静的微笑，它不朝向任何人，接近它人们就无法停留在自己的附近，这不是一个不具人格的微笑，或许这连微笑都算不上，而是不具人格之物的体现，是对其存在的认可，是含糊地、非常地、近似地肯定这里没有任何人并且没有任何人微笑，但却通过一个无止境的、迷人的微笑表现出来，这个微笑的魅力是如此安宁，以至于面对这个固定的点，焦虑感再次袭来时，我只能静静地注视着这个点，这种安静是从他身上流露出来的，而且是友好地流露，因为有一束亲切的友谊之光从他那里发散到我这里。没有什么比这更安静的了，这是一个可见的安静的圆——不过，我立刻发现了别的东西，不那么安静的东西，这是一种没有被平息的、颤动的安静，仿佛还没有抵达那个有去无返的点，还没有脱离所有的脸，依然怀有对脸的渴望以及害怕与之分离的忐忑：时而让我感到自己正绝望地徘徊在那个人影周围，时而给我接近它的希望，让我确信能重新捕捉到它，或者已经捕捉到了，让我对它与自身的统一难以忘怀（尽管依然看不见它），这是一种奇妙的统一，感觉像是一种幸福，一种驱散阴影、超越白天、让人愿意牺牲一切的可能性，又像是一个惊人的相似点，是因为无与伦比而产生的震惊，是不断追回曾经拥有之物的欲望的力量——究竟发生了什么？相似点不断从背后出现，甚至成为了一种必然，它变得更加崇高，我猜测着这个相似点，仿佛我从没见过它一样，这是对整个空间的变化不定的反映，而且微笑也肯定了它的伟大，肯定了这个几乎过于伟大的相似点的庄严，他好像迷失在了这个相似点中，而通过他，这个相似点变成了一个迷失的、没有相似之处的相似点。裂口依然很小：微笑只是以一种更神秘的方式微笑着，仿佛消失的统一性更加接近这个微笑的真实，然而这个微笑已经慢慢地、带着极大的耐心，重新成为一个虚空的微笑的痛苦，成为这个痛苦中微笑的平静。啊！无尽的轮回，缓慢到令人悲伤的变迁。有的时候，我无法不相信：微笑着的就是脸上的微笑，我看不见这张脸，但它依然是对这个微笑的不可动摇的确定。然后，我又无法不相信，这个微笑难以形容地被置于虚空之上;在这微笑中,虚空接受了微笑的暗喻,其中夹杂着些许嘲笑的痛楚。

这持续了多久?我感到这与我有关,这种感觉应该在这绝对缓慢的移动中、在静止的波动中发挥了作用,我抢在这种波动之前,而这只是徒劳,相反地,我想必是通过自身的静止,与这种波动结合得越来越紧密了,而它再一次接近我自以为还熟悉的东西,增加强度,揭示出独一无二的快乐的可能,这种快乐也许不再是我的快乐,但又有什么关系呢,它对自身而言就是快乐,是我无须参与的幸福,它照亮我,直到让我觉得自己不再参与其中,然后,波动再一次消除了这种快乐的独特性,使之脱离,脱离它自身,就像使之脱离我一样,但绝对悲伤的微笑总是以极大的耐心,重新成为绝对安宁的微笑,后者还反映了虚空的深度。有时我对自己说:“别再顾虑这件事了,就让它在你和他之间抉择吧,让决定权离你而去,别往回走。”然而,这件事再也不取决于我了,于是产生了一个我不想逃避的关系。我很可能曾经决定过这件事,但是,参与到做决定的孤独斗争中,参与到这个顽强的斗争中——即使在饥饿和虚空的条件下,这斗争也能使他找回饱腹和充实之感——,体会这个斗争多么需要一次又一次地被决定直到筋疲力尽，但又在它的冷淡中发现使它微笑的真实一面，以上也都属于决定的一部分，是我不该摆脱，也不该放下的。或许我还能做决定？不会从映像的深处解放的是谁？然而这个斗争似乎已经拥有白天，渗入它，蛊惑它，改变它，成为另一个白天的工作。这确实不会损害白天：这同样也是白天的微笑，白天因此更美了，可以说在这微笑中，他的保护层开始瓦解，一束与我更接近、更具人性的光渗透这个瓦解的过程。或许所有会消亡的东西，甚至包括白天，都与人类相似，都向人类请教死亡的秘密。这一切不会持续多久了。我已经远远地感觉到，我再也没有资格呼唤我的同伴，——而他还会听到我吗？他现在在哪儿？或许离这里很近？或许他就在我的手边？或许我的手再一次缓缓推开的、赶走的就是他？不，别赶走他，别推开他，相反，把他拉过来，把他引向你，为他铺路，呼唤他，轻轻地呼唤他的名字。呼唤他的名字？可我不应该呼唤他，并且，此刻我不能这样做。你不能这样做？此刻？可是唯有此刻，刻不容缓，你没有将一切都告诉他，少了最重要的部分，必须将你的描述补充完整，“必须如此！现在，就现在！”我忘了什么？为什么不是一切都消失？为什么是另外一个人进入这个范围？那么这与谁有关？喝下饮料的难道不是我？是他？是我们？这不可能，这里面有误会，必须结束这场误会。白天的所有力量都应该汇聚到一起，上升到这个结尾，或许他马上就会回答，然而当结尾到来时，在几秒钟的散落之后，一切都已消失，随着白天一起消失了。